KB150916

우당탕탕 엄마의 캠핑카

미대륙 9,000킬로미터
세 남매 성장기

우당탕탕  엄마의 캠핑카

조송이 지음

가디언

아이들과 진짜
함께 있고 싶어서
집을 떠났습니다

첫째가 일곱 살 무렵이었다. '공부 뭐 그리 중요한가?'라는 막연한 생각에 남들 다 한다는 뭔선생, 디몬 같은 학습지 하나 시키지 않고 마냥 놀게 하던 시절이었다. '그 나이에는 공부보다 노는 게 더 중요하다'는 소신을 가장한, 실상은 방치를 하고 있었던 것이다.

그러던 어느 날 친정엄마가 첫째에게서 이상한 점을 발견하셨다.

"애가 좀 이상하다. 말을 안 해."

저녁시간에 잠시 보는 할머니지만 어떨 때는 나보다 아이에 대해 예리하실 때가 있다. 아이들과 함께 출근했다 함께 퇴근하는 엄마는 그날 애가 말을 했는지 안 했는지 세심하게 봐줄 여력이 없다. 그리고 보니 정말 이상하다. 첫째는 원래 말수가 많은 편이 아니었지만 그렇다고 이렇게 입을 닫지는 않았다. 뭔가 문제가 있는 게 분명하다. 하지만 문제의 원인을 어떻게 알아낸다? 야단이라도 쳐서 속 시원하게 답을 듣고 싶지만 그런다고 될 일인가? 입을 열지 않는 아이에게 이 현상의 원인을 기승전결로 정리해서 듣기란 애초에 불가능하다. 아이 자신도 왜 그런지 모를 수 있고 설령 알더라도 그것을 조리 있게 말이나 글로 표현해 낼 수 있겠는가?

방법은 단 하나, 엄마가 아이 마음의 창을 열고 들여다 볼 수밖에 없다. 그런데 그건 어디 쉬울까? 엄마인 내 속만 타들어 갈 뿐이다. 그 당시 육아서만 백 권도 넘게 읽은 것 같다. 어디에 길이 있을까? 어떻게 해야 아이가 보여 주는 실낱같은 힌트를 잡을 수 있을까? 많은 육아서에서 공통적으로 하는 조언은 "아이와 대화를 많이 하라"였다. 그래, 그건 나도 안다고! 그런데 어떻게 해야 아이와 대화를 많이 할 수 있는 걸까? 끄덕끄덕과 도리도리로만 대답하는 아이에게 단답형 대답이라도 들으려고 무던히도 노력했다.

"오늘 어린이집은 재미있었어?"

"무슨 놀이했어?"

"오후 간식은 뭐 나왔어? 맛있었어?"

그런데 애가 문제가 아니다. 내가 문제다. 더 이상 아이와 나눌 대화가 없는 것이다. 원래 아이들과 조곤조곤 이야기를 잘하는 스타일도 못되는 데다, 하루 일과로 피곤에 절어 있는 모성애를 바닥까지 긁어모아 보지만 더 이상 질문거리가 없다. 내 자식을 사랑하지 않는 것도 아닌데 이 엄중한 상황에 왜 더 할 말이 없는 것인가? 그래, 아무리 가까운 사이라도 그 시간과 공간을 공유하지 못하면 이야깃거리가 별로 없는 거로구나. 아무리 열 달 뱃속에 품고 내 배 아파 낳은 자식이지만 하루의 대부분을 너는 어린이집에서 나는 회사에서, 우리가 시공간을 공유하지 못하니 이런 단편적인 질문에서 더 나아가지 못하는 수밖에⋯⋯. 이런 수준의 대화에서 아이의 마음의 창을 엿본다는 건 꿈도 꾸지 말자.

우리 관계의 한계를 깨닫고 벽에 가로막혀 있을 때 한줄기 희망의 빛이 보였다. 바로 '그림책'을 이용한 베드타임 스토리였다. 뻔한 어린이집 일과 얘기, 간식 얘길랑 집어 치우고 '지금' 우리가 '함께'하는 이 시간 속에서 질문을 찾아보자.

"어머, 여기 주인공은 이랬었네. 우리 ○○이는 이런 적 없었어?"

"○○이가 이런 상황이라면 마음이 어땠을까?"

"엄마는 이럴 때가 가장 속상(행복)하더라. ○○이는 언제 속상(행복)했어?"

아이들과 함께한 베드타임 스토리는 한 시간은 기본이고 몇 시간도 훌쩍 넘길 때도 많았다. 하지만 그 시간은 아이의 마음의 창을 엿볼 수 있는 유일한 시간이자 마음을 활짝 여는 매직 타임이다.

아이의 몸이 자라면서 젖을 떼고 밥을 먹기 전 어른 음식에 적응하는 시기를 '이유기'라고 한다. 온갖 정성을 들여 이유식을 준비하고 한 술 한 술 반응을 봐 가며 조심스레 먹이기 시작해서 결국에는 어른이 먹는 음식을 먹을 수 있도록 준비하는 시기이다. 돌 무렵 몸의 성장 과정에 따라 모든 아기들이 거치는 과정이다. 그런 데 아이를 키우다 보니 이런 '겉 사람'을 만드는 이유기 말고 '속 사 람'을 만드는 두 번째 이유기가 있다는 생각이 든다. 막 젖을 뗀 아 이에게 바로 된밥을 먹이지 않듯이, 온전하게 독립된 인격체가 되 기 위해 내면의 성장을 돕는 시기가 있는 것이다. 나는 정신과 전 문의도 아니고 심리상담을 공부한 사람도 아니지만 '엄마'이기에 결국 답을 찾아냈다. 아이와 함께 책을 읽으며 나눈 대화가 가장 중요한 열쇠가 되었다. 그것은 놀랍게도 한글을 모르는 것에 대한 스트레스였다. 엄마 딴에는 스트레스 받지 말라고 일부러 공부 안 시켰는데 그게 스트레스가 될 줄이야.

일곱 살의 어린이집 일과는 상당 부분 글자를 아는 것을 전제 로 이뤄지고 있었다. 성격이 소심한 첫째는 친구들은 다 알고 자기 는 모른다는 사실을 깨닫고 "나는 모른다"고 말하지 못해 전전긍긍 했던 모양이다. 그런 답답한 상태로 온종일 지냈으니 입을 닫은 것 도 이상한 일이 아니다. 원인을 알게 되었으니 엄마의 마음은 더욱 급하다. 사무실에 양해를 구하고 매일 1시간씩 조퇴하여 첫째만 따 로 불러내 한글을 가르쳤다. 다행히 늦게 시작한 만큼 빨리 깨우쳤 고 그에 따라 첫째의 말수도 늘어갔다. 자연스럽게 두 번째 이유기 의 중요한 요소를 책으로 채우면서 말이다. 첫째의 일곱 살 여름이 시원하게 지나갔다.

그해 여름, 그렇게 한고비를 넘기고 나는 내 삶의 우선순위에 대해 좀 더 깊이 생각하게 되었다. 나는 내 아이들을 위해 어떤 일을 하고 있나. 난 너무 바쁜 엄마인데. 아이들과 함께하는 시간조차 적은데. 아무리 양보다 질이라고 아이들과 함께하는 시간만큼은 최선을 다하자 하는 마음이지만. 세 아이를 위한 시간 만들기가 쉽지 않다. 결국 둘째의 초등학교 입학을 계기로 육아휴직을 내게 되었다. 워킹맘으로 사는 동안 한 번도 아이들에게 제대로 시간을 내주지 못한 것 같다. 이번 휴직 기간은 오롯이 아이들을 위한 시간을 보내리라 다짐했다.

"학교 다녀왔습니다."

"그래, 잘 다녀왔어? 학교 재미있었어?"

"급식 맛있었어?"

"……"

이상하다. 어디서 많이 보던 대화 패턴이다. 대화라고 하지만 알맹이는 없는 속 빈 대화. 육아휴직을 내고 아이와 함께하는 시간이 많아졌는데도 대화 내용이 크게 달라지지 않다니. 아이와 함께 있지만 진짜로 함께 있는 것이 아닐지도 모른다는 생각이 들었다. 마치 아이들과 함께 카페에 앉아 나는 동네 엄마들과 수다를 떨고 아이들은 스마트폰만 들여다보는 것처럼 함께 있어도 함께 있지 않은 시간이다. 아이들과 진짜 시간과 공간을 함께해 보고 싶었다. 대화다운 대화를 할 수 있게 생각과 경험을 공유해 보고 싶었다.

우리 집 현관에는 대형 세계지도가 붙어 있다. 집을 드나들 때마다 한 번씩 훑으며 어디로 갈까 상상하곤 했다. 직장과 가정과 세 아이에 매여 있으면서도 틈만 나면 지도를 펼치고 여행기를 읽으며 대자연 속으로 자유로이 떠나는 그날을 꿈꿔 왔다. 그래, 이번에는 여행이라는 도구로 아이들과 시공간을 공유해 보자. 지난번 위기를 베드타임 스토리로 극복했다면 이번에는 내 신체의 일부가 되어 떼려야 뗄 수 없는 세 아이와 함께 떠나자. 그렇게 여행이 시작되었다.

캠핑카 운전대를 잡고
광활한 대륙을 누빈 세 아이의 엄마에게

변재운 (국민일보 사장)

이번 생을 마치면 다음 생에는 여자로 태어나고 싶다는 생각을 했었다. 여자들은 군대도 안 가고(대신 출산의 고통이 있지만), 가족의 생계 책임에서도 비교적 자유로우며, 무엇보다도 커피 한 잔 놓고 친구들과 몇 시간이고 수다를 떨 수 있는 천부적 재능이 있기에 부러웠다. 게다가 남자와 달리 이모저모 쓰임새가 많아 늙어서도 자식들에게 대접을 받지 않는가. TV에서 〈동물의 왕국〉을 볼 때마다 느끼는 거지만 수컷이란 존재는 종족 번식을 위해 씨를 뿌리는 것과, 외부 침입자에 맞서 싸우는 것 외에는 하는 일이 없다. 사자 무리에서는 암컷이 사냥까지 하는 것을 보고 정말로 수컷은 한심하다는 생각이 들었다.

아주 색다른 여행기 《우당탕탕 엄마의 캠핑카》는 내게 남자로서 열등감을 한층 더 느끼게 하는 얄미운 책이다. 어머니는 위대하다고 하지만 어떻게 이런 생각, 이런 결단이 가능했을까 경외심까지 느껴진다. 자녀에 대한 세심한 관찰이 저자를 고뇌하게 만들었고, 무한한 사랑이 승용차도 아닌 캠핑카의 운전대를 잡고 그 광활한 대륙을 누비게 만들었을 게다.

이 책은 디테일이 뛰어나다. 저자 조송이의 매끈하고 섬세한 필체가 뒷받침됐지만 독자가 함께하고 있는 것처럼 착각이 들게 할 만큼 여행의 구석구석을 잘 짚고 있다. 독자가 궁금해할만한 사안은 그때그때 팁으로 제공해 주는 것도 이 책의 장점이다.

필자의 세 남매는 멋쟁이 엄마 덕분에 남들이 상상조차 하지 못하는 귀중한 경험을 했다. 이는 아이들에게 앞으로 삶에서 계량하기 힘든 엄청난 자산이 될 것이다. 독자들도 이 책을 통해 용기를 내서 자녀를 위해서나 자신을 위해서나 어떤 시도든 해 볼 수 있기를 바란다. "그렇지, 나라고 못할 게 뭐야!" 하면서.

내게 수컷의 무책임과 무능력을 다시 일깨워 준 필자 조송이에게 거듭 얄미운 감정을 표한다. 그리고 이런 멋진 아내를 둔 서울시의회 문병훈 의원에게는 각별한 부러움을 전한다.

가족을 위해
'뭣이 중한지' 아는 엄마는 멋지다!

김병후 (김병후정신건강의학과 원장)

인간관계에서 대화가 중요하다는 사실을 모르는 사람은 없다. 심지어 가장 가까운 사이인 부부 간이나 부모자식 사이에서도 대화는 꼭 필요하다. 아무리 가까워도 내我가 아닌 모든 사람은 타자他者이기 때문이다. 하지만 어떻게 대화할까? 무엇을 나눌 것인가? 대화對話가 혼자서 말을 하는 것이 아닌 이상 상대방과 소재와 감정을 나눠야 함은 물론이다. 하지만 바쁜 현대사회에서는 가족 구성원들마저 각자의 영역에 몰두하느라 서로 간에 시간과 공간을 나누는 것은 고사하고 감정을 나누는 것마저 사치로 여겨지는 시대다.

그런 면에서 아이들과 대화거리를 만들기 위해서 일생일대의 캠핑카 모험을 떠나는 이 엄마는 요즘 말로 '뭣이 중헌지'를 아는 엄마다. 인생의 우선순위를 앞에 두고 그 외의 것은 과감하게 접어 두는 용기를 보여준다. 그 용기에 대한 대가로 자녀들과 평생을 두고 곱씹어 얘기할 수 있는 이야기 금맥을 발굴했다면 충분히 그럴만한 가치가 있지 않을까? 인생 무엇이 중할까? 가족의 가치가 재발견되는 요즘 가족을 위한 투자는 결코 낭비가 아님을 보여주는 책이다.

양육에 지친 모든 엄마들에게
꼭 필요한 워라밸 성공기

최대현 (한국드라마심리상담협회 회장)

세상에서 가장 힘든 역할을 꼽으라면 주저 없이 '엄마'라고 할 수 있다. '워라밸'이라는 말이 회자될 만큼 일과 삶의 균형을 요구하는 시대에도 엄마라는 역할만큼은 희생과 헌신을 강요하고 있지는 않은지 생각해 본다. 엄마라는 역할은 워라밸을 맞추기 힘든 퇴근이 없는 일이다. 그래서 세상의 엄마들에게는 휴식이 필요하다.

저자 조송이는 똑똑한 엄마다. 본인의 버킷리스트를 이루면서 육아를 덤으로 했으니까. 저자가 좋아하는 여행에 육아를 포함하였다. 그 덕에 아이들이 인생의 엄청난 경험 자산까지 얻게 되었다. 엄마라고 어디 희생만 할 수 있을까? 여행을 좋아하는 엄마라면《우당탕탕 엄마의 캠핑카》를 읽고 도전해 보길 권한다. 퇴근이 없는 극한직업을 수행하는 엄마들의 삶에 라이프밸런스를 맞출 수 있는 좋은 기회이다.

세 아이와 함께한,
현명한 엄마의 마음 성장 여행기

이정수(서울도서관 관장)

직장을 다니면서, 아이를 셋이나 키우는 엄마는 몸과 마음이 얼마나 건강해야 버틸 수 있을까. 이 책《우당탕탕 엄마의 캠핑카》의 서평을 쓰기 위해 원고를 받고 든 생각이다. 직장을 다니며 일찍이 육아로 힘거워했던 '엄마 선배'로서 동병상련이 느껴졌기 때문이다.

누구나 처음 엄마가 되었을 때는 온 우주를 얻은 것처럼 기쁘고 행복하다. 그러나 그 기쁨도 잠시, 육아는 이전의 삶에서는 한 번도 경험한 적이 없는 평생을 두고 풀어 가야 할 난제 중의 난제이다. 아이를 키우는 일에 정답이 있다면 열심히 공부하면 되겠지만, 미지의 길을 저마다 정답을 찾아 열심히 헤매며 갈 수밖에 없다.

세 아이의 엄마인 저자 역시 수많은 육아서에 의지하며 정답을 찾아갔지만, 쉽지 않은 현실과 마주해야 했다. 첫 아이가 첫 이유기를 지나 마음의 성장기인 '제2의 이유기'로 접어들었을 때 독서를 통해 극복한 저자는, 둘째 아이의 그 시기에 여행을 선택하였다. '독서는 앉아서 하는 여행이고, 여행은 서서 하는 독서'라는 말이 있듯이 독서와 여행은 서로 맞닿아 있어, 그 방법이 우연은 아닌 것 같다. 책은 세 아이와 함께하는 여행의 목적지를 정하는 것부터 시작한다. 여행에서 고려해야 할 것과 짐 싸기, 석 달 간 여행의 크고 작은 사건 등을 이해하기 쉬운 문장으로 풀어내었고, 사진과 웹 사이트를 함께 수록하여 필요한 정보도 제공함으로써 아이와 함께 여행을 계획하는 독자들에게 유용한 실용서 역할도 톡톡히 할 것이다.

또한 이 책은 아이들과 함께한 여행 경험을 담은 여행기이도 하나, 마음의 이유기를 겪은 아이를 이해하고 극복하는 데 도움을 주는 또 하나의 육아서이기도 하다. 물론 저자가 정답을 제공하지는 않지만 아이를 키우는 부모라면 먼저 그 시기를 겪고, 현명하게 그 과정을 거쳐 온 저자의 경험에서 영감을 얻기에 부족함이 없을 것이다.

엄마와 자녀가 함께하는 '독서와 여행'은 아이로 하여금 세상에 대한 호기심을 갖게 하고, 함께 경험을 공유하여 공감대가 커지며, 세상을 보는 힘을 키워 건강한 사회인으로 성장하는 토대가 된다. 그 과정에서 아이는 스스로 자랄 것이고, 엄마는 아이의 성장을 돕는 사람일 뿐이며, 엄마도 아이와 함께 성장하고 있다는 것을 깨닫게 한다는 점에서 이 책은 일반적인 여행기나 육아서와 차원이 다르다. 육아로 고민하는 분들은 서슴없이 읽어 보길 권한다.

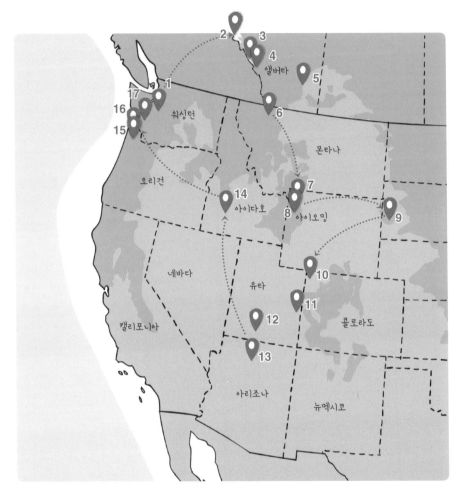

1 시애틀 **2** 재스퍼국립공원 **3** 레이크루이스 **4** 밴프국립공원 **5** 공룡주립공원 **6** 글레이셔국립
공원 **7** 옐로스톤국립공원 **8** 그랜티턴국립공원 **9** 러시모어산국립유적지 **10** 국립공룡화석유
적지 **11** 아치스국립공원 **12** 브라이스캐니언국립공원 **13** 그랜드캐니언국립공원 **14** 마운트
홈 **15** 씨사이드 **16** 애스토리아 **17** 올림피아

#프롤로그 – 아이들과 진짜 함께 있고 싶어서 집을 떠났습니다 4

#추천사 10

#30일 9,000킬로미터 캠핑카 로드 16

 애들아, 엄마랑 캠핑카 타고 여행 갈래?

1장 움직이는 집 '캠핑카', 너로 정했어!

걱정은 버리고 일단 떠나자 22

아이들을 데리고 어디로 가면 좋을까? 24

어린 시절부터 디지털 노마드가 되는 연습 27

집이나 다름없이 완전무장한 캠핑카 34

아이들의 새로운 도서관 38

엄마도 같이 갈래? 50

2장 바다 건너 엄마의 캠핑카는 달린다

입국 심사를 하이패스로 통과하는 방법 54

푸르름 속에서 마음껏 뛰어놀자 60

우리에게도 미국의 보편적 복지 혜택을! 63

미국 경찰이 되고 싶다고? 70

국립공원 주니어 레인저로 도전! 74

1장 캐네디언로키, 캠룹스부터 공룡주립공원까지

다람쥐만 한 힘이라도 자기 몫은 해낸다 86

초보 운전도 아닌데 두근거리는 RV 89

산중에 교통 체증이? 94

캠핑장에서는 역시 마시멜로 구이 100

일정은 하루에 하나만 104

빙하 위에서도 아이들은 신난다 109

엄마, 여기는 게임보다 더 재미있어 114

젠가로 깨치는 자연보호 119

오감이 즐거운 하이킹 123

아니, 똥이잖아! 126

앗, 물건을 놓고 왔다 132

우리도 글로벌한 가족 139

온천탕은 한국이 승 142

친구를 월마트에서 보다니 147

여행은 계획대로 되지 않는다 157

국경을 통과하는데 냉장고를 보자고? 162

2장 미국 국립공원, 글레이셔국립공원부터 그랜드캐니언까지

누가 빨간 버튼을 눌렀다고? 166

축하해요, 당신까지네요 173

레인저가 없으면 길을 잃기 쉽다 175

피톤치드 가득한 숲속에 웬 스모그? 178

거대한 물줄기가 폭탄처럼 터지는 광경 184

캄캄한 산중에서 팀워크는 빛난다 189

바이슨, 제발 길을 비켜줘! 193

아이들은 캠핑카로 돌아올 생각을 않고 199

캠핑장에서 만난 행운의 친구 202

그랜드티턴 트레일은 말똥 트레일 205

아이들 사고는 예고가 없다 213

압구정 로데오 말고 진짜 로데오 217

러시모어산에 루스벨트를 뺄까 말까 224

이왕에 그랜드캐니언은 보고 가야지 228

캐니언, 캐니언! 이곳이 정말 지구라고? 235

위에서 아래로, 애리조나 그랜드캐니언 트레일 242

불만 안 피우면 오케이! 252

여행의 끝에서, 모두 버리고 돌아가기 256

#에필로그 – 애들아, 가자! 더 넓은 세상으로 262

1

애들아,
엄마랑 캠핑카 타고
여행 갈래?

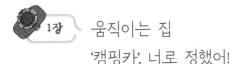

1장 움직이는 집
'캠핑카', 너로 정했어!

▶ ▶ ▶ **걱정은 버리고 일단 떠나자**

여행은 3개월, 미국으로 목적지를 잡았다. 하지만 막상 아이들과 장기 여행을 떠나려니 현실의 벽이 만만찮다. 구성원 모두의 건강이 따라 줘야 하는 것은 물론, 그만한 시간을 확보해야 하고 경제적인 문제도 어느 정도 해결해야 한다. 보통 재정 문제를 가장 큰 장애물로 생각하기 쉽지만 건강이 허락한다는 전제 아래 최대의 장벽이 시간이고, 시간이 해결됐다면 그 다음 벽은 의지다. 의외로 경제력은 가장 후순위에 고려해도 되는 문제다.

일상을 다람쥐 쳇바퀴라고 깎아내리지만 일상이 주는 안정감, 편안함, 그 쳇바퀴를 돌릴 때의 무념무상이 주는 평안함이 있다. 옛 말에 '사서 고생'이라는 말도 있지 않은가? 여행을 떠난다는 것은 그 안락함을 포기하는 것을 의미한다. 불확실성, 수많은 돌발 상황 같은 단점들을 장점이라고 생각해야지 여전히 단점이고 견디기 힘든 일이라 여긴다면 그건 여행이 아니라 고행이다. 아이와 함께하는 여행은 더욱더 그렇다. 애들이야 무슨 걱정이 있을까? 마냥 신나고 철이 없다. 모든 뒷감당은 어른(특히 부모)의 몫이다. 그러다 보니 아이와 함께하는 여행은 생각이 많아질수록 실행하지 못할 확률이 높다. 서른을 넘기면서 인생의 원칙으로 정한 것이 있다.

"해도 후회 안 해도 후회할 일은 일단 하고 후회한다. 그러면 경험이라도 남는다."

점점 어른이 되면서 인생에서 결정해야 할 일들이 많아진다. 내가 무슨 선견자라고 모든 상황에서 가장 옳은 결정을 할 수 있을까? 처음 가 보는 인생길에 실수와 시행착오의 연속이다. 하지만 그 과정에서 남는 것이 있다. '경험'이다. 이 경험들이 쌓여 다음번 판단의 갈림길에서 조금 더 나은 판단을 할 수 있는 근거가 되지 않을까?

내가 이 원칙을 좋아하는 이유가 또 있다. 의사 결정이 단순해진다. 그냥 하면 되기 때문이다. 사실 우리 집은 안 될 요소가 많다. 애가 셋이나 되고 그중에 둘은 번잡스러운 아들이다. 기저귀는 뗐지만, 아직도 막내는 볼일을 본 후 엄마를 부른다.

"엄마, 다했어요."

아이들은 아직도 부모 손을 타는 어린 나이다. 유학을 다녀와 영어에 능숙하거나 미국에 친척이 있는 것도 아니다. 이 모든 것을 돈으로 커버할 정도의 경제력은 당연히 없다. 무엇보다 아빠가 함께 갈 수 없다. 고양이 손도 빌린다는 육아 시기에 부모 한 명의 맨파워가 없다는 것은 엄청난 재난이다. 그래도 일단 해 보자. 하고 나서 후회할지언정 일단 해 보자. 하다 하다 못하겠으면 울면서 귀국 비행기 타면 되지. 나를 받아 줄 나라가 있고 가족이 있고 집이 있다. 애가 셋 이어도, 아이가 어려도, 경험이 없어도 심지어 아빠가 함께하지 못해도 …… 할 수 있다. 아니, 일단 해 보자.

▸ ▸ ▸ ▸ 아이들을 데리고 어디로 가면 좋을까?

일생일대의 큰일을 앞두고 첫걸음인 목적지를 정해야 한다. 장기 여행을 생각할 때마다 떠오르는 단어는 유목민같이 길을 따라 유랑하는 '로드 트립Road Trip'이었다. 아이들의 호연지기를 핑계 삼아 떠나는 여행이지만 내게도 인생의 버킷리스트를 이룰 좋은 기회다.

지도를 펼쳐 여행 후보지를 물색해 본다. 의외로 지구가 작다. 넓디넓은 세계지도에서 로드 트립을 실행할만한 후보지는 대양주 (호주, 뉴질랜드)와 아프리카, 중국을 중심으로 하는 아시아, 유럽, 북미 대륙 정도다. 원대하게 꿈꾸고 철저히 현실주의자가 되자. 아무리 여행이 불확실성에 몸을 던지는 것이라고 하지만, 현실을 파악하고 계산하지 않는다면 무모한 도전일 뿐이다. 딸린 식구가 있다면 더욱더 그렇다.

장시간 운전해야 하는 로드 트립의 특성상 운전 방향이 다른 대양주는 일단 탈락! 아프리카 트럭킹Trucking은 아이들의 연령상 탈락! 중국 실크로드는 나중에 북한이 열리거든 내 차로 가 보자. 남은 것은 유럽과 미국 정도다. 급작스레 결정한 여행이기에 유럽의 방대한 역사, 나라별로 미묘한 차이가 있는 문화를 다 이해하기엔 아이들은 둘째치고 나에게도 준비 시간이 부족하다. 아무리 EU로 통합됐다 하더라도 여러 번 국경을 넘어야 하고 도로 관련 법규를 따로 익혀야 한다는 것은 엄마가 공부해야 할 분량이 많아진다는 것을 의미한다. 미국밖에 없다. 어차피 가는 여행, 대자연과 물질문명이 공존하는 세계 최고의 선진국으로 가 보자. 잘 짜인 도로망과 인프라는 로드 트립을 실행하는 데 가장 적합하다.

"For the Benefit and Enjoyment of the People(국민의 이익과 즐거움을 위해)"

시어도어 루스벨트 대통령의 말처럼 세계 최초로 시작된 미국의 국립공원 제도는 자연을 보호하면서 동시에 누구나 즐길 수 있게 하는 것이 그들이 추구하는 기본 가치다. 즉, 노약자, 장애인도 차별 없이 자연을 즐길 수 있게 하는 것이 목표일 정도로 약자에 대한 배려가 깔려 있다. 아이들을 줄줄이 달고 가는 여행에서는 어

▶ 옐로스톤국립공원의 루스벨트 아치. 미국 국립공원 서비스국^{NPS}의 표어와도 같은 'For the Benefit and Enjoyment of the People(국민의 이익과 즐거움을 위해)'라는 문구가 적혀 있다. 사진 출처 www.nps.gov

쩔 수 없이 배려받아야 하는 상황이 생긴다. 약자를 배려하는 문화는 아이를 동반한 여행자에게 큰 힘이 될 것이다.

땅이 좁은 우리나라는 거의 전국이 개발되었다고 해도 과언이 아닐 만큼 자연 그대로의 상태를 찾아보기 힘들다. 하지만 미국은 'Ocean to Ocean(대양에서 대양으로)'이라고 대변하듯이, 나라의 동쪽 해안선은 대서양이고 서쪽 해안선은 태평양에 면하는 북미 대륙의 반에 가까운 광대한 영역을 차지하는 나라다. 세계에서 가장 산업화한 나라이면서도 존 뮤어, 시어도어 루스벨트 같은 선각자들의 노력에 힘입어 자연을 잘 보전한, 양존할 수 없는 두 가지 가치가 한 곳에 구현된 나라다. 대자연을 즐기는 국립공원 로드 트립을 통해 그 속에서 호연지기를 기르고 선진국인 미국의 사회·문화를 체험하는 정주형 여행을 결합하면, 지경을 넓히고자 하는 우리의 1차 목적은 달성할 수 있지 않을까?

말은 제주로, 사람은 서울로, 우리는 미국으로!

▶ ▶ ▶ **어린 시절부터 디지털 노마드가 되는 연습**

우리나라 사람에게 '흥'과 '한恨'이라는 코드가 있다면 서구 사람의 피에는 아무래도 '모험Adventure'과 '개척Pioneer'이라는 DNA가 심어져 있나 보다. 서부 개척사가 그렇고 그들의 생활 방식이 그렇다. 그들은 자동차가 보급되고 도로가 발달하면서부터 로드 트립을 즐겨왔다. 미국 도로의 어머니와 같다는 66번국도route 66의 역사와 'Motor(자동차)'와 'Hotel(호텔)'의 합성어인 수많은 모텔을 보면 그들이 얼마나 여로旅路를 즐기는지 알 수 있다. 그들은 본능적으로 모험을 찾아 떠난다. 가다가 막히면 길을 내서라도 여정을 완수하는 것에 큰 가치를 둔다.《톰 소여의 모험》,《허클베리 핀의 모험》등 성장소설을 쓴 마크 트웨인이 미국 문학의 아버지로 불리는 것은 괜한 일이 아니다. 하긴 그들의 할아버지의 할아버지뻘 되는 필그림 파더스Pilgrim Fathers 역시 신앙의 자유를 찾아 알지도 못하는 땅으로 목숨을 걸고 대서양을 건넌 일생일대의 모험을 감행한 사람들 아니던가?

IT 시대를 살아갈 아이들 세대는 한곳에 정주하기보다 이곳저곳 돌아다니며 영감을 얻어 새로운 창조를 이루어내는 디지털 노마드 시대일 것이다. 하지만 안타깝게도 모험과 개척의 DNA가 장착된 서구인들 삶의 방식에 비해 안빈낙도의 정주형 삶을 추구하는 동양적 사고방식에는 아주 불리한 생활 패턴이다. 고기도 먹어 본 놈이 잘 먹고 놀이도 놀아 본 놈이 더 잘 논다고 했던가? 농경 문화권에서 자라 온 우리 아이들은 노마드 생활을 하라고 등을 떠밀어도 못할 수 있다. '그런 거 안 하면 그만이지, 뭐'라고 생각하면 오산이다. 미래 시대는 융합형 재창조의 시대이고 영감은 익숙한 것을 떠나는 데에서 나온다. 노마드 생활이 불편하지 않을 정도가 아니라 즐기는 정도까지 되어야 한다. 잠시나마 노마드를 경험해 본다는 측면에서는 로드 트립만 한 것이 없다. 로드 트립을 통해 얻은 즐거웠던 여정의 경험은 훗날 아이들이 날개를 펼 기회가 왔을 때 주저 없이 도전해 볼 수 있는 동력이 될 것이다.

그중에서도 자연은 영감의 원천이다. 그랜드캐니언, 브라이스캐니언, 옐로스톤국립공원 등 대자연의 국립공원에는 왜 어김없이 '인스퍼레이션 포인트Inspiration Point, 영감을 주는 지점'라는 지명이 있는 걸까? 스티브 잡스가 요세미티국립공원의 와워나 산장에서 결혼식을 올린 것은 우연이 아니다. 다시 말하면 자연을 즐길 줄 아는 자가 더 많은 영감을 얻는다고 바꿔 말해도 큰 무리는 아닐 것이다. 도시에서만 살아 온 우리가 자연을 제대로 즐기는 것이 저절로 가능할까? 예행연습이 필요하다.

미국은 국립공원이라는 개념을 세계 최초로 생각해 낸 나라이다. 자연이라는 창조주의 위대한 선물을 마구잡이로 개발하거나 가진 자들이 사유화하여 특권층만이 누리게 하는 것이 아니라, 모든 사람이 자유로이 이용하고 즐길 수 있게 '국립공원'이라는 아이디어를 생각해 냈다. 국립공원을 총괄하는 기관인 '국립공원 서비스국NPS, National Park Service 우리로 치자면 국립공원관리공단과 문화재청이 합쳐진 기관'은 국립공원 제도가 'America's Best Idea'라고 자평한다. 심지어 시민권자도 영주권자도 아닌 이방인인 나와 우리 가족도 약 200년 전부터 유래한 이 대인배적인 아이디어의 수혜자가 되었다.

▶ 캐나다 20달러 지폐의 뒷면을 장식하기도 했던 모레인호Moraine Lake와 밸리 오프 더 텐 픽스Valley of the Ten Peaks. 가히 캐네디언로키의 얼굴마담이라고 할 수 있다.

국립공원 서비스국을 창설해 주신 시어도어 루스벨트에게 감사를.

  시중 여행사의 패키지 상품 중에는 미국 국립공원 투어만으로도 수많은 여행상품이 넘쳐날 만큼 서부는 국립공원의 천국이다. 그랜드캐니언을 중심으로 애리조나, 유타, 콜로라도의 협곡 및 주요 자연 경관을 시계 방향(혹은 반시계 방향)으로 일주하는 '그랜드 서클Grand Circle'도 유행이다.

  한 가지 문제가 있다면, 미국 국립공원은 규모상 국립공원 밖에서 숙박을 해결하기엔 규모가 너무 크다는 점이다. 옐로스톤국립공원의 경우 면적이 약 9,000제곱킬로미터로 우리나라 충청남도(8,204제곱킬로미터)보다도 크다. 숙소를 국립공원 외부에 잡는다는 것은 설악산 관광을 하면서 숙소를 경기도에 잡는 것과 같다. 숙소를 외부에 잡고 국립공원을 드나들면서 여행한다는 것은, 특히 아이를 동반한 여행에서 그리 권장할 만한 일이 아니다. 물론 일부 유명 국립공원 내부에는 호텔이나 롯지Lodge 같은 숙소를 운영한다. 롯지는 귀곡산장 같은 허름한 숙소가 아니다. 서구인들에게 롯지는 역사와 전통이 있는 고급 숙소이며 옐로스톤의 올드 페이스풀 롯지 같은 곳은 100여 년의 역사를 자랑한다. 하지만 치열한 예약 전쟁을 치러야 하며 가격도 하룻밤에 몇 백 달러를 호가한다. 그렇다면 결론은 하나밖에 없다.

✅ 미국 국립공원 공식 홈페이지를 적극 활용하라

NPS의 공식 홈페이지 www.nps.gov를 통하면 주별로, 이름별로 개별 국립공원 사이트에 연결할 수 있다.

개별 국립공원 사이트에서는 지도, 운영시간, 액티비티 정보 등이 나와 있으며 매년 그 시즌에 정리된 내용을 뉴스레터로(PDF파일) 다운 받을 수도 있다.

그랜드캐니언국립공원의 경우 'Plan Your Visit, Learn About the Park' 등의 카테고리에 그랜드캐니언에 대한 정보들을 제공하고 있다.

워낙 방대한 양의 정보가 있으므로 이럴 때는 구글 번역기를 이용하자. 구글 번역기로 페이지를 번역해서 개괄적으로 훑어본 다음 원문을 읽으면 어디를 읽어야 하고 어디를 스킵해야 하는지 알 수 있어 도움이 된다. 하지만 중요한 정보(예컨대 프로그램 신청방법, 모이는 장소 등)는 가급적 원문으로 봐 둬야 실수가 없다.

집이나 다름없이 완전무장한 캠핑카

나는 한국에서도 캠핑 경험이 그다지 많지 않다. 아직 아이들이 어린 것도 있지만 바쁜 남편의 일정상 애들과 나만 여행하는 일이 대부분이므로 혼자 운전하고 밥도 하고 일정도 짜야 되는데 텐트까지 치는 건 불가능하기 때문이다. 하지만 순수한 자연 속에 나를 욱여넣고 그 안에서 뼛속까지 정화되는 느낌을 사랑한다.

　여행의 콘셉트가 로드 트립에서 국립공원 로드 트립으로, 더 세부적으로 국립공원 캠핑 로드 트립으로 가닥이 잡히면서 어떻게 캠핑을 해야 할지를 고민하기 시작했다. 캠핑의 정석은 물론 텐트 숙박이다. 비용면에서도 압도적으로 우월하다. 하지만 이 모든 걸 나 혼자 감당할 수 있을까? 머릿속으로 수없이 시뮬레이션해 보고 또 해 본다. 한 곳에서 장박長泊할 예정이니까 어떻게든 텐트를 친다 치자. 먹을 것도 최대한 간소화해서 음식 준비의 부담도 줄여 보자. 하지만 밤에 아이들이 돌아가면서 화장실이라도 간다고 하면? 요강이라도 준비해야 하나? 기동성을 위하여 작은 돔 텐트를 쳐야 할 텐데, 해가 진 후 아이들이 바로 잠자리에 들지는 않을 것이고 내내 바깥 생활만 하다가 감기라도 걸리지 않을까? 혹시 비라도 온다면? 새벽 이동을 해야 하는 날은 어떻게 하지? 애들을 깨워서 차에 넣고 혼자 짐을 정리하여 출발할 수 있을까? 모든 일어날 수 있는 상황을 머리에 그려 보며 저울질하기 시작한다. 결론적으로 현지 나이 여덟 살, 일곱 살, 다섯 살 아이들과 어른은 나 한 명뿐인 여행에서 텐트 생활은 무리라는 쪽으로 생각이 굳어 간다. 그렇다면 대안은?

RVRecreational Vehicle, 레저 차량, 우리에게는 캠핑카라는 말로 더 익숙한 RV는 미국에서 트레일러와 함께 아주 보편화되어 있는 캠핑 방법이다. 내부에 주방, 식탁, 침대, 화장실, 욕실까지 갖춰져 있어 이동주택이라고 보아도 무방할 만큼 야외생활에 필요한 모든 시설이 갖춰져 있다. 한 가지 단점은 비용이다. '어차피 돈 들어가는 거, 이럴 때 해 보자.' 결국 RV로 결정.

금전적인 부분을 내려놓는다면 RV는 장점이 많은 여행 도구다. 염려했던 야간 화장실 사용은 아이들보다 내게 더 유용했고(우리 집 아이들은 잠들면 아침까지 화장실에 가지 않는다는 사실을 잠시 잊었던 것 같다), 해가 진 뒤에도 시간을 보낼 수 있는 공간이 필요했지만 여름 고위도 지방은 해가 지지 않는 다는 사실을 미처 생각 못했다. 고등학교 지구과학 시간에 배운 것을 이제야 경험으로 깨닫는다. 여행 초반 캐나다 재스퍼에서는 밤 10시에도 밖이 환해서 해가 진 뒤에 바깥 활동을 하는 일은 없었고, 미국 중부지역 이하

▶ 우리와 30일을 함께한 RV. 캠핑장의 우리 자리에 도착하면 태극기(Where we from)와 성조기(Where we are)를 함께 꽂아 놓았다.

로 내려왔을 때는 아이들이 이미 야영 생활에 충분히 적응한 뒤여서 밤마다 모닥불 곁에서 마냥 놀았어도 감기 한 번 걸리지 않았다. 예상했던 대로 유류비 문제가 잠시 내 속을 끓이긴 했지만 그럼에도 불구하고 RV는 충분히 매력 있는 여행 방법이다.

RV는 렌트비 자체도 상당하지만 추가로 보험, 마일리지, 기타 옵션 및 유류비, 매일 밤 캠핑장 비용까지 그야말로 돈 먹는 하마다. 어쩌면 렌터카+모텔(혹은 호텔)의 조합보다 훨씬 비싼 여행 방법일지도 모른다. 하지만 단언컨대 그럴만한 가치가 있다. 국립공원을 여행하면서 캠핑은 자연에 오롯이 묻힐 수 있는 유일한 방법인데, RV는 캠핑의 수고로움을 상당 부분 덜어 준다. 로드 트립의 특성상 이동 거리가 많은데 아이들과 차로 장거리를 이동하는 것은 여간 힘든 일이 아니다.

이동 거리가 긴 날은 이른 새벽에 일어나 눈곱만 떼고 출발한다. 아침이 되면 부스럭부스럭 아이들이 일어나는데 그때는 이미 이동 거리의 절반 쯤 지나온 상태라서 아이들의 칭얼거림이 덜하다. 조금 지루할 때면 언제라도 간식이 준비되어 있고 냉장고에 있는 시원한 수박과 아이스크림이면 한두 시간은 더 너끈히 버텨 준다. 사정이 여의치 않을 때는 간단히 시리얼, 딸기잼 바른 빵 등으로 요기를 하고 새벽에 미리 밥을 지어 놓거나 주유 중에 급히 밥을 해서 김에 싸 먹으며 끼니를 해결하기도 한다.

RV의 가장 큰 장점은 여행지를 옮길 때마다 매번 짐을 싸지 않아도 된다는 것이다. 아이들과 함께하는 여행에 짐이 얼마나 많은지는 굳이 말하지 않아도 짐작할 것이다. 하지만 RV는 집이 통째로 이동하는 셈이다. 이동 시 짐을 쌌다 풀기를 반복할 필요가 없다. 나중에 RV 없이 동부 여행을 하면서 이동할 때마다 소소한 것들이 하나씩 없어졌는데, 그제야 RV 생활에서 짐을 싸고 푸는 수고가 없었던 것이 얼마나 좋았는지 새삼 더 느꼈다.

▶ ▶ ▶ 아이들의 새로운 도서관

아이들을 동반한 여행은 신경 써야 하는 부분이 수두룩하다. 하지만 장점이 딱 하나 있으니 그것은 바로 위탁수하물 개수에 비교적 자유롭다는 것이다. 아이들도 어른과 동일하게 수하물 개수를 할당받다 보니 원하는 물건을 마음껏 넣어도 웬만하면 수하물 개수를 초과할 일이 없다. 위탁수하물로 부칠 짐들을 싸다 보니 유모차까지 대형 수하물이 9개나 된다. 그야말로 이삿짐이다.

가장 먼저 챙겨야 할 것은 먹을거리다. 애들 많은 집은 서로 많이 먹겠다고 싸운다던데 어느 정도로 애들이 많아야 잘 먹는 걸까? 우리 집 삼 남매는 하나같이 안 먹는다. 먹는 것보다는 노는 데 더 관심이 많다고 해야 할까? 애들이 안 먹으면 편할 것 같지만 아

✅ RV를 빌리려면 렌트 업체 홈페이지를 비교하라

인터넷이 발달한 요즘은 어디서도 RV를 예약할 수 있다.

가장 보편적인 RV 렌트 업체로 '크루즈 아메리카www.cruiseamerica.com'가 있고 조금 더 고급스런 RV가 필요하다면 '엘몬테www.elmonterv.com' 같은 업체도 있다. 내 경우에는 여러 업체의 비교 견적이 가능한 '모터홈리퍼블릭www.motorhomerepublic. com 본사는 뉴질랜드에 있다'에서 '아폴로'라는 렌트 회사의 RV를 렌트했다. 렌트용 RV는 일부 특별한 경우를 제외하고는 회사만 다를 뿐 재원은 비슷한 것 같다. 가끔은 프로모션 등으로 각 RV 렌트 회사의 공식 홈페이지가 더 저렴한 경우도 있으니 발품은 팔지 않더라도 손품을 팔아야 저렴한 사이트를 찾을 수 있다.

사용할 날짜, 옵션에 따라 가격이 천차만별이므로 날짜가 유동적이라면 앞뒤로 조정해 보면서 적정한 가격을 찾아야 한다. RV도 렌트카와 마찬가지로 주 단위 혹은 월 단위로 예약하는 것이 저렴한 편이다. RV 렌트 시에는 렌트비 외에도 옵션(주로 마일리지), 보험을 잘 고려해야 한다. 어떤 경우에는 배보다 배꼽이 더 큰 경우도 있다.

이 키워 본 엄마들은 잘 안다. 안 먹는 아이를 먹이는 게 얼마나 힘든 일인지. 우리 집도 세 끼 먹이는 일이 가장 고역이다. 그러다 보니 외식은 내 돈을 주고도 눈치 보며 신경까지 쓰면서도 정작 제대로 먹지도 못하는, 별로 하고 싶지 않은 일 중 하나다. 미국은 원재료는 저렴하지만 사람 손을 거치면 비싸지는 데다 세금에 팁까지 고려하니 이번 여행에서 외식은 아예 생각도 하지 않았다. 집에서 해 먹거나 도시락을 싸고 정 여의치 않은 상황에서만 사 먹는 쪽으로 해 보자. 실제로 약 석 달간 외식은 패스트푸드를 포함하여 총 열 번을 넘기지 않았다. 오죽하면 첫째가 "엄마, 한국 가기 전에 맥도날드 한 번만 가면 안 돼?" 할 정도였을까? 물론 아들의 소원은 올랜도 공항에서 풀어 주었다.

식사를 손수 해결하기로 했다면 이제는 식자재(도구 포함)를 챙기는 일이 중요해진다. 미국에서 구할 수 있는 쌀, 고기, 야채, 소금, 설탕 등은 제외하고 한인마트를 차릴 만큼 가져갈 수 있는 것은 다 챙겨 보자. 김이 없었다면 어떻게 아이를 키웠을까? 파래김, 돌김, 들기름 바른 김, 김자반까지 마트에 있는 김이란 김은 종류별로 산처럼 쟁여 왔다. 라면도 구하기 쉬운 신라면보다는 단가 있는 짜장라면, 우동면을 상자 째 챙겨 본다. 그 외에 간장, 된장 고추장, 초고추장 등 온갖 장류, 고춧가루, 들깻가루, 찹쌀가루, 멸치 다시 팩, 조미료 등 각종 양념 재료 조금씩, 오징어채, 쥐포, 미숫가루까지, 미국에서 구하기 힘들거나 비싼 것들로 최대한 많이 챙긴다. 세관에서 보따리상으로 의심받지나 않을지 모르겠다.

소프트웨어가 준비되었다면 그에 따른 하드웨어(도구)도 빠질 수 없는데 그중 화룡점정은 압력밥솥이다. 우리와 전압이 다르므로 현지에서 전기밥솥을 하나 살까 생각했지만, 아무래도 캠핑 중 전기 사용이 원활치 않을 수 있고, 고지대에서 밥이 잘 익을까 염려도 되었다. 여행은 밥심인데 설익은 밥을 먹기는 싫다. 우리가 여행을 무사히 마칠 수 있었던 일등공신은 스텐 압력밥솥이다. 밥맛이 좋은 것은 물론이고 시간도 오래 걸리지 않는다. 이동하는 날은 새벽밥을 해 뒀다가 아이들이 일어나면 오징어채 무침 한 줄씩 넣고 김에 싸서 먹는 맛이 꿀맛이다. 식생활의 차이를 반영하는 주걱, 젓가락, 대접(우리 집은 아이들이 뜨거운 음식을 잘 못 먹어서 빨리 식으라고 밥을 대접에 퍼 준다), 반찬통, 물병 등도 챙겨 넣는다.

여행 준비물 중 먹을거리가 한 짐이지만 사실 짐을 싸면서 가장 열정을 쏟은 물건은 '자전거'다. "여행에 웬 자전거?"라고 말할지 모르겠지만 이번 여행에 자전거 2대(내 것, 첫째 것), 킥보드 3대(둘째 것, 막내 것 및 예비용)가 동행했다. (물론 그중 일부는 다시 한국 땅을 밟지 못했다.) 나는 서울에서도 도서관, 마트, 어린이집 등 근처의 웬만한 곳은 모두 자전거로 다닌다. 시원한 주행감도 좋거니와 주차 걱정이 없기 때문이다. 서울에 살면서 주차로부터 해방된다는 것은 크나큰 장점이다. 서울에서도 이리 자전거를 애용하는데 자전거 인프라가 잘 되어 있는 미국에서 자전거를 타지 않는다면 자전거에 대한 도리가 아니다.

시애틀에서는 지하철은 물론, 버스 앞에도 자전거 거치대가 있고 세계에서 가장 복잡한 도시인 맨해튼도 하위 한 개 차선을 자전거 도로로 내어 주고 있다. 모든 국립공원은 낚시, 트래킹과 함께 자전거 타기Biking를 주요한 활동에 포함시켜 적극 권장하고 별도의 자전거 지도를 만들어 배포할 만큼 자전거 트레일이 무궁무진하다. 산악자전거 같은 익스트림 스포츠를 즐기기엔 지극히 평범한 나 같은 아줌마가 어디 가서 숲속 오솔길을 자전거로 달릴 수 있단 말인가? 시내에서는 대중교통 대용으로, 국립공원에서는 여가 활동으로 이용할 수 있으니 자전거를 가져가 보자. 물론 현지에서 구입할 수도 있겠지만 어쨌거나 비용이 발생하고 우리는 위탁 수하물 개수가 남아도니 여차하면 버리고 오자 싶어 억척스러움을 부려 본다. (예상대로 첫째의 자전거는 전반부 여행이 끝난 뒤 아쉬운 이별을 했다.)

나의 큰 장점이자 단점은 일을 만만하게 보는 것이다. 스스로 일을 벌여 놓고 결국 그 뒷수습을 하느라 눈앞에 고생문이 저절로 열린다. 자전거가 목록에 포함되면서 새로운 고생문이 열렸다. 준비 목록에 헬멧과 유아용 안장, 정비용 공구들이 따라붙었다. 구에서 운영하는 자전거 수리 센터에서 사람 좋은 수리공을 만나 앞 뒷바퀴 탈착 방법 및 브레이크 시스템 점검법 등 자전거 기본 정비 방법까지 배웠다. '배워 두면 또 어디 쓸 데가 있겠지.' 7월 한더위에 자전거 상자와 씨름에 씨름을 한 끝에 포장을 마치자 마치 모든 일을 다 이룬 것만 같다.

▶ RV 창고 안에 넣은 자전거. 접이식 자전거 2대를 수납할 수 있다.

그 다음으로 공을 들인 짐은 '책'이다. 요즘 같은 디지털 시대에 책을 싸 짊어지고 간다면 무식하단 소리를 듣겠으나 이미 자전거에서 그 무식함이 드러났다. 전자책도 좋지만 어릴수록 손으로 종이를 넘기고 냄새를 맡고 실물을 만져 보는 것이 좋다고 생각하는 보수적인 엄마다. 무엇보다 특정 환경에서 읽은 책은 그 책을 다시 읽으면 그 시간이 생각나기 마련이다. 그래서 아이들이 언제라도 그때의 책과 함께 미국의 어느 국립공원 캠핑장 RV 속으로 소환되는 마법의 링크를 걸어 두고 싶은 마음이 가장 컸다.

그러나 현실적인 무게의 압박으로 원하는 책을 다 가져갈 수는 없다. 그렇기 때문에 책을 '엄선'하는 것이 가장 중요하다. 이번 여행의 동반자 책을 고르는 우선순위는 첫째, 미국과 관련이 있을 것, 둘째, 가능한 자연이나 미국의 사회 문화 같은 주제의 흐름을 탈 것, 셋째, 재미있을 것 등이다. 나이와 관심사가 다른 세 아이의 욕구를 충족시키기 위해서 책을 엄선하는 것은 여간 힘든 일이 아니지만 마법 링크를 포기할 수는 없다.

내적 이유기에 아이의 마음 그릇을 넓히자는 큰 뜻을 세웠지만, 이 원대한 뜻을 앞에 놓고 벌어지는 현실의 갈등은 수학 문제집을 들고 가느냐 마느냐 같은 사소한 문제들이다. 곧 고학년에 접어들어 자기 주도 학습이 자리 잡기 바라는 엄마의 기대와는 달리, 첫째는 아직도 햄스터 인형을 품고 자는 마음 여린 어린아이다. 어느 날 갑자기 로키산맥의 정기를 받아 어려운 연산을 풀어 낼 수도 있고 노는 데 홀려서 문제집을 거들떠보지도 않을 수 있다. 수학 문제집을 한 권 풀고 안 풀고가 뭐 그리 중요하겠느냐마는 그에 따라 엄마의 마음이 널뛰기한다는 것이 문제다. 내가 나를 잘 안다. "그래, 어려워서 틀렸구나", "그래, 풀 시간이 없었구나" 하며 구나 구나 타령으로 아이를 받아 주는 마음 넓은 엄마는 못된다. 마음의 그릇을 키운다며 거기까지 가 놓고 매일 밤 연산 실수를 이유로 아이를 잡아 족칠 요량이라면 애증의 수학 문제집은 차라리 안 가져

▶ 자연 속에서 아이들은 몸도 자라고 마음도 자란다.

가는 것이 낫겠다.

그 외에도 필기구, 풀, 가위, 셀로판테이프 같은 문구류와 함께 작은 집게, 고무줄도 몇 개, 줄넘기, 오카리나 등 아이들을 위한 물품과 손톱깎이, 해열제, 감기약, 체온계, 지사제, 멀미약, 연고 등 약품류만도 한 상자다.

여행에서 돌아오니 주위에서 아이들이 아프지는 않았냐고 많이 물으셨다. 정말 감사하게도 막내만 초반에 약한 미열이 있었고, 마지막 여정지인 뉴욕에서 체하여 이틀간 컨디션이 좋지 않았던 것을 제외하고는 아무도 아프지 않았다. 돌아오는 짐을 싸는데 그 많던 먹을 것, 책, 옷, 심지어 자전거까지 모두 다 줄었는데 한 가지 줄지 않은 것이 있었다. 바로 약상자다. 비타민, 홍삼 같은 건강보조식품을 제외하고는 거의 모든 약이 그대로인 것을 발견하고 얼마나 감사했는지 모른다.

엄마가 이삿짐을 싼다고 궁둥이 붙일 틈이 없는 반면 아이들은 편안하게 궁둥이를 붙이고 준비한다. 미국과 관련된 책을 읽기 때문이다. 아이들이 쓸데없이 자랑삼아 말하고 다니는 것이 싫어서 출발 즈음에서야 여행 계획을 알렸기 때문에 준비할 시간이 충분치는 않다. 그래도 틈틈이 미국과 관련된 책을 읽혀서 배경지식을 쌓았다.

첫째는 다른 어떤 음식보다도 유독 초콜릿을 사랑한다. 첫째의 초콜릿 사랑은 초콜릿 쿠키, 초콜릿 케이크, 초콜릿 아이스크림 등 온갖 초콜릿이 들어간 것들에 홀릭이다. 그래서인지 《찰리와 초콜릿 공장》을 아주 재미있게 읽었다. 펜실베이니아의 허쉬 초콜릿 공장을 방문하고 와서도 《찰리와 초콜릿 공장》을 입맛을 다셔가며 다시 한 번 읽었다. 글밥 있는 소설의 맛을 본 후에는 《톰 소여의 모험》, 《허클베리 핀의 모험》, 《오즈의 마법사》 같은 미국 작가들의 책으로 넘어왔다. 주로 모험과 도전을 다루는 책이다. 미국은 짧은 역사 탓에 대통령, 그중에서도 큰 획을 그은 몇몇 대통령의 업적만 꿰어도 역사의 큰 줄기를 잡을 수 있다. 더 간략하게는 조지 워싱턴, 토머스 제퍼슨, 에이브러햄 링컨의 위인전만 잘 읽어도 미국 역사의 상당 부분은 이해할 수 있다. 중국을 택하지 않길 천만다행이다. 세계문화를 다룬 교양 만화의 원조인 《먼나라 이웃나라》 '미국 편'도 미국이라는 나라를 개괄적으로 이해하는 데 큰 도움이 되었다.

베드타임 스토리 덕에 책 읽기를 좋아해서, 주면 주는 대로 잘 읽는 첫째와 달리 둘째의 책 읽기는 조금 어렵다. 보는 것보다 듣는 것이 발달한 청각형인 데다 여러 가지 재능이 많아서 끊임없이 스스로 놀 거리를 만들어 낸다. 심심하지 않은데 책을 읽을 리가 없다. 학원 스케줄이 빡빡한 아이가 책을 즐겨 읽지 않는 것과 같은 이치다. 아이들은 시간이 남아돌아 못 견디게 심심해야 손에 책을 잡는다. 어떻게 하면 둘째에게 책 읽기의 즐거움을 알게 해 줄까 무던히 고민했다. 왕도가 없다. 학습 목적은 잠시 접어놓고 그냥 재미있는 책을 읽어 주는 수밖에.

이런 엄마의 마음에 하늘도 감동하셨는지 관계 중심적인 둘째가 노예 제도에 관심을 보이기 시작한다. 때는 이때다. 노예 제도와 인종 차별에 관한 그림책을 냅다 읽어 줬다. 노예 제도는 미국 역사에서 매우 중요한 요소이기 때문에 노예 제도와 인종 차별을 다룬 그림책이 의외로 많다. 《헨리의 자유 상자》, 《자유의 길》, 《일어나요 로자》, 《사라 버스를 타다》 등은 그림책이지만 생각할 거리를 많이 던져 주는 책들이다.

둘째가 좋아하는 몇 안 되는 책 중에 《윌마 루돌프》라는 그림책이 있다. 소아마비 흑인 여성이 장애를 이겨 내고 올림픽 육상 종목에서 금메달을 딴 실제 이야기를 다룬 책이다. 한참 흑인 인권에 관한 이야기에 심취해 있을 때 슬며시 이 책을 다시 디밀었더니 역시나 잘 읽어 주었다. 맛있게 읽은 그 책의 주인공을 워싱턴 D.C.의 아프리칸 아메리칸 뮤지엄에서 다시 만났다. 흑인 스포츠 스타 코너에서 둘째는 기가 막히게 《윌마 루돌프》를 찾아냈다. 책과 여행이 만나는 순간이다. 학습 목적은 잠시 접어 두긴 했다지만 엄마의 초조한 마음도 모르고 마냥 아기들 그림책만 보던 둘째가 여행 중에 글줄 있는 문고판을 읽는 기염을 토했다. 늦은 저녁 RV 안에서 놀이 금지, 할 수 있는 일은 1. 책 보거나 2. 잠 자거나! 이렇게 규율을 정해 놓지 않으면 아들 둘이 포함된 원기 왕성한 천방지축들을 통제할 방법이 없다. 원래 아이들은 자라고 할 때는 절대

안 자고 싶은 청개구리들이다. 잠자기는 싫고 하다하다 읽을거리가 없으니 글줄 있는 이야기책을 집은 것이다. 둘째의 글 밥에 대한 두려움을 없앤 데는《어린이 천로역정》이 일등 공신이다.

셋째는 발로 키운다더니 막내는 형의 베드타임 스토리 시간에 옆에서 귀동냥으로 얻어걸린 경우다. 내가 좋아하는 미국 그림책 작가 중에 버지니아 리 버튼이 있다. 그녀의 작품 중《작은집 이야기》는 20세기 초반 미국 경제 발전 시기에 도시화하여 가는 과정을 작은 집의 관점에서 풀어 낸 책이다. 작은 집을 둘러싼 자연의 봄·여름·가을·겨울을 보고 있자면 내 코끝까지 복사꽃 향기가 간질이는 것 같은 마음 따뜻해지는 책이다. 엄마의 취향을 알았을까? 막내는 버지니아 리 버튼의 그림책을 좋아한다. 남자아이이기 때문에《작은집 이야기》의 서정적인 감상보다는《마이크 멀리건과 증기 삽차》,《말괄량이 기관차 치치》,《케이티와 폭설》,《케이블카 메이벨》같은 탈 것이 나오는 책을 좋아한다. 하지만 산업화로 빠르게 변하는 사회를 따뜻한 이야기와 그림으로 표현한 그녀의 재주에 아이도 끌린 듯하다. 그녀의 따뜻한 감성이 막내에게 녹아들기를 바라 본다. 아직 뭘 모르는 막내에게는 엄마의 노골적인 학습 의도를 그대로 드러내도 거부감이 없다. 아예 대놓고 우리가 가게 될 국립공원에 관한 그림책을 읽어 줘도 괜찮다. 그랜드캐니언의 형성과 식생에 대한《그랜드 캐니언》, 세쿼이아국립공원을 다룬《세상에서 가장 큰 나무》, 옐로스톤의 늑대 이야기인《늑대가 돌아왔다》, 그리고 백여 년 전 자연과 인간의 공존에 대한 선구자적 혜안을 담고 있는《시애틀 추장의 편지》같은 책들은 여행 중에도 두고두고 다시 읽었다. 어린 눈에도 같은 책을 실물을 보기 전에 읽은 느낌과 보고 나서 읽은 느낌이 다르게 다가오는 모양이다.

▶ ▶ ▶ 엄마도 함께 갈래?

최종적으로 남편의 불참이 확정되면서 친정엄마인 한 여사께서 동행하시기로 한다. 2년 전 큰 교통사고도 있었고 혼자 계실 아버지도 염려되어 일부 구간 정도 동행하실 수 있으려나 생각했는데, 친정아버지의 통 큰 결단 덕에 전 일정을 함께하시게 되었다.

엄마가 합류하면서 여행의 가장 큰 문제점 두 가지가 해결되었다. 첫 번째는 불가피한 상황에서 애들을 보호자 없이 혼자 놔두지 않아도 된다는 점이다. 여행 전 혼자 머릿속으로 수없이 시뮬레이션을 해 본다. '여기는 시애틀 공항이다. 방금 입국 수속을 마치고 짐을 찾았다. 이제 렌터카를 픽업하러 간다. 이 산더미 같은 짐을 어떻게 할 것인가?' 1안, 첫째(그래 봐야 현지 나이로 여덟 살이다)에게 짐과 동생들을 맡기고 부리나케 차를 픽업해 온다. 애들을 낯선 땅에 놓고 가야 하는 리스크가 있다. 혹시 아이들만 있는 것이 경찰 눈에라도 띈다면? 공항은 경찰들이 넘쳐나는 곳 아닌가? 절

tip

✅ **아이들과 함께하는 캠핑 여행에 가져가면 좋은 것**

아이들이 있다 보면 식단이 아이들 위주가 되기 마련이다. 아이를 키우는 8할은 김과 계란이라는 말도 있지 않은가? 덜 자극적이고 순한 맛이 나는 음식이 대부분일 것이다. 그런 상황에 나를 위한 초고추장 한 병 정도 챙기면 어떨까? 야채에 뿌려 먹어도 좋고 정 매콤한 게 당길 때면 밥에 쓱쓱 비벼만 먹어도 매콤새콤 입맛을 돋운다.

아이들 책은 무게도 부피도 상당하지만 그래도 꼭 몇 권은 챙기기를 권한다. 아는 만큼 보이는 법이다. 책과 실물이 상호작용을 하기도 한다.

학교에 특성화 교육이 있다면 줄넘기나 오카리나와 같은 예체능 도구들도 의외로 유용하다. 손재주가 좋은 아이들은 색종이도 즉석에서 친구를 사귀는 데 좋은 도구다. 미니카, 팽이 접기 같은 것을 배워 간다면 말주변이 없는 남자아이들도 쉽게 현지 아이들과 친구가 될 수 있다.

레절레, 안 되겠다. 2안, 그냥 이고 지고 50미터씩 전진하며 어떻게 든 짐과 애들을 끌고 간다. 휴, 상상만으로도 벌써 지친다. 하지만 결국 이 방법밖에 없을 것 같다. 이런 상황에 어른 한 명이 더 동행 한다니! 백만 대군이 온다 한들 이보다 반가울까? 아이들과 함께 하는 여행에서 아이들을 봐줄 수 있는 성인 한 명이 더 있고 없고 는 하늘과 땅 차이다. 만약 엄마 혼자 아이들을 챙겨야 하는 상황 이라면 어쩔 수 없이 수고로움을 더 감수해야 한다.

두 번째로 한 여사는 한식 조리사 자격증까지 있는 마스터 셰 프다. 여행 중 애들 챙기랴, 일정 챙기랴, 운전하랴, 일인다역을 소 화해야 하는데, 아무리 밥만 해서 밑반찬에 대충 먹는다지만 먹 는 것이 신경 쓰이지 않을 수가 없다. 하지만 부엌일에 관한 부분 은 통으로 마스터 셰프께 이양함으로써 내 역할 중 상당 부분이 경 감되었다. 돌이켜 생각하면 한 여사께서 계시지 않았더라면 밥을 못 먹든지 운전을 못 하든지 했을 것이다. 특히 알빙RVing, Camping과 Recreational Vehicle의 합성어로 레저용 차량을 가지고 캠핑을 즐기는 모든 행위 중에 는 나는 거의 운전에 집중했고 한 여사께서 식사와 애들 간식을 모 두 챙겨 주셨다. 여행을 다녀와서 둘째가 한 말이 있다.

"엄마, 나는 미국에서 공주처럼 대접받았어."

"어떻게?"

"'할머니, 수박' 하면 수박을 주시고 '할머니, 간식' 하면 '네, 여 기 있습니다' 하고 간식을 주셨어."

▶ 인생은 도전이라 했던가?
예순 중반 넘어 새로운 도전으로 미국 유랑을 함께 해 주신 한 여사

"미국에서 나는 공주, 할머니는 시녀였나봐."

"그래 할머니가 우리 희언이를 많이 살펴 주셨네. 희언이는 공주고 할머니는 시녀면, 그럼 엄마는 뭐였을까?"

"엄마는 군사."

이런 예리한 녀석.

출국을 2주 남기고 국내선을 포함하여 우리 일정과 동일한 비행기표 확보, 각종 예약 변경, 게스트 하우스 호스트에게 사전 양해 구하기 등으로 바쁜 날을 보냈다. 하지만 분주함보다 설렘이 더 크다. 생각지도 못한 동행이 생기다니! 게다가 그 동행자는 '우리 엄마' 아닌가!

바다 건너
엄마의 캠핑카는 달린다

▶ ▶ ▶ **입국 심사를 하이패스로 통과하는 방법**

시애틀 공항은 생각보다 한산하다. 입국 심사장 앞에 서 있는 지금 이 장기 체류자에게 가장 중요한 시간이다. 하지만 콧대 높은 미합중국 이민국 입국 심사의 긴장감을 알 리 없는 아이들은 열 시간의 비행으로 좀이 쑤시던 차에 끊임없이 장난을 쳐 댄다.

"애들아, 지금 중요한 시간이니 좀 가만있어 주면 안 되겠니?" 라고 고상하게 얘기하지만, 약효는 5초도 안 간다. 서로 눈빛만 봐도 웃음이 터져 나오고 어떻게든 옆구리를 찔러서라도 장난을 걸어 댄다. 여기는 입국 심사장, 소리를 지를 수도 없다. 입을 앙다물고 위협적인 눈빛을 보내 보지만 이 약효가 또 몇 초나 갈까?

'아, 그래. 내가 이러려고 왔지. 석 달간 지지고 볶으며 애들과

씨름하려고 왔지!'

엄마의 마음은 참 아이러니다. 그렇게 아이를 사랑하면서도 잘 때가 제일 예쁘고 어린이집 보내 버리고, 학교 보내 버리고, 학원 보내 버리고 나서야 마음의 평안을 얻는다. 이제 석 달간은 어디 보내 버릴 데도 없다. 너희랑 나랑 얽히고설켜 뒹굴어 보자.

기본적인 질문을 하던 입국 심사관이 미국에 얼마나 있을 예정이냐는 질문에 "About 3 months"라고 대답하니 질문 모드를 바꾸어 세세하게 물어보기 시작한다. 시애틀에만 있을 거냐, 다른 도시로 이동은 어떻게 할 거냐, 숙소는 어떻게 구했냐, 남편은 어디 있느냐, 애들 개학은 언제냐, 학교에 그렇게 안 가도 되느냐 등등, 수많은 질문을 해 댄다. 어쩌면 여행에서 가장 중요할지도 모를 이 시간을 위해서 나는 영문 주민등록등본, 영문 재직증명서, 예약 바우처, 보호자 동의서(아빠가 동행하지 않기에)까지 각종 증빙서류와 내가 왜 석 달이나 미국에 있어야 하느냐에 대한 당위성을 항변하는 답변을 외워 놓았다.

답변을 주절주절 늘어 놓았지만 올해 육아휴직 중이라서 아이들과 많은 시간을 보내고 싶어 장기 여행을 계획했다고 대답한 이후에는 입국 심사관도 수긍의 눈빛을 보내 준다. 빵빵한 파일철이 신뢰를 더했을까? 애써 준비한 노력이 무색하게 증빙서류는 보자고 하지도 않는다. 이후에도 몇 번 캐나다와 미국을 오가며 국경을 넘을 때마다 의심의 눈초리를 받았지만 '육아휴직 중 아이들과 함께 시간을 보냄' 카드를 꺼내면 항상 오케이였다. 아이들이 있어서였는지 세관 검사표에도 5명이라고 큼지막하게 써 줘서 그 많은 짐도 다 무사통과였다.

무사히 입국했으니 렌터카 픽업, 게스트하우스까지 이동이 우리에게 주어진 다음 미션이다. 불친절한 미국 공항은 카트 사용료도 4달러씩이나 받는다. 한 여사와 막내가 공항에서 잠시 대기하는 동안 첫째, 둘째만 데리고 렌터카를 픽업한다. 타지 운전이라 조금 긴장되지만 다행히 해가 중천이다. 뒤에 다른 일정으로 쫓기는 상황도 아니고 이 정도는 심호흡 크게 한 번 하고 마음을 가다듬을 수 있다. 메리어트호텔의 허츠 지점은 여기가 맞나 싶을 만큼 호텔 한구석에 카운터가 있다. 예약 번호와 운전면허증을 확인하고 차 열쇠를 내 준다.

"우와, 엄마! 이거 우리 차야?"

무료로 업그레이드한 럭셔리 대형 세단을 본 첫째 눈이 휘둥그레진다. '처음부터 애들 눈높이를 높이면 안 되는데…….' 하지만 곧 이 럭셔리 세단의 운명은 짐차로 바뀌게 된다. 선물 같은 럭셔리 세단을 몰고 의기양양하게 공항으로 돌아왔다. 자, 이제 짐을 실어 보자. 그런데 웬걸 우리 짐은 정말 많았나 보다. 세단 중에서 가장 큰 차지만 이리 넣고 저리 넣어 봐도 도저히 짐 9개가 다 들어가지 않는다. 안 되겠다. 사람 탈 공간을 남기면 짐이 들어가지 않으니 모든 공간을 짐으로 채우고 사람은 짐 사이사이에 끼어 들어

가야겠다. 다행히 숙소는 공항에서 10분 거리다. 우리 집 아이들은 마르고 유연한 덕에 뒷좌석에 트렁크 5개를 쌓아 올리고도 그 사이 틈으로 세 명이 모두 들어간다.

'이러려고 그렇게 밥을 안 먹었니?'

아이들과 짐을 다 욱여넣고 문을 겨우 닫았다. 한 여사도 어렵게 탑승하셨다. 누구는 위험한 일이라고 뭐라 할지도 모르겠다. 어쩌면 아동학대로 보일 수도 있겠다. 하지만 나는 사랑을 제외하고는 약간의 결핍이 애들을 키운다고 믿는다. 미니밴을 빌려서 좌석마다 카시트를 달고 포터를 불러서 짐을 넣고 우아하게 공항을 빠져나갈 수도 있겠으나 이런 시트콤 같은 상황이 더욱 기억에 남는 법이다. 아이들은 좁은 공간에서도 키득거리며 자기들끼리 재잘댄다.

엄마가 미국 경찰의 공권력에 대해 과장을 보태서 경고해 둔 터라 아이들에게는 망태 할아버지보다 무서운 미국 경찰이다. 첫째 눈에도 이 상황은 별로 알리고 싶지 않은 모습이었나 보다.

"경찰한테 들키면 안 돼. 구석으로 숨어!"

"키득키득"

"우리가 이렇게 있으면 엄마가 잡혀가."

"키득키득"

엄마가 잡혀가는 얘기를 하면서도 마냥 신나는 동심이다. 그래, 이러려고 왔지.

▶ 자연 호수가 우리에게는 익숙하지 않지만 시애틀은 숲과 바다와 호수의 도시다.
대도시라도 잔잔한 물가에서 휴식을 취할 수 있다.

▶ ▶ ▶ 푸르름 속에서 마음껏 뛰어놀자

미국의 주State는 각기 별칭이 있는데 몇몇 주는 별칭이 더 유명하기도 하다. 예컨대 뉴욕주의 '엠파이어 스테이트' 같은 경우다. 우리가 도착한 워싱턴주의 별명은 '에버그린 스테이트'이다. 어디를 봐도 푸른 나무가 곧게 뻗어 있고 수많은 호수가 청량감을 더하는 'Evergreen State', 별명 참 잘 지었다. 시애틀은 마이크로소프트와 보잉의 본사가 있는 상당히 규모 있는 도시임에도 불구하고 녹지가 정말 많다.

13일간의 시애틀 체류 기간은 미국 적응 기간이자 한 달간의 RVing을 준비하는 기간이다. 시티투어보다는 공원 산책, 호숫가 물놀이 쪽에 더 중점을 두자. 앵글레이크 리트리트Angle lake retreat, 앵글레이크가 있는 휴양지라는 별칭을 붙인 게스트하우스는 우리 마음에 쏙 든다. 호숫가 바로 앞인 주인집 뒤쪽으로 별채가 있는데, 1층에 차고와 개인 작업실(이 집 안주인인 필리스는 유리공예를 한다)이 있고 2층이 게스트하우스다. 채광, 환기도 좋을 뿐 아니라 거실 창으로 워싱턴주의 상징인 레이니어산Mount Rainier이 정면으로 보인다. 개개인이 공간을 넓게 쓰는 미국답게 어른 둘, 아이 셋이 쓰기에는 충분하다.

주인은 해양 경비대Coast Guard로 퇴역한 사람 좋은 백인 부부였는데 집의 규모로 봤을 때 중산층 이상은 되어 보였다. (그 당시

▶ 말 그대로 에버그린 스테이트, 푸르름이 가득한 시애틀의 여름

▶ 우리에게 아름다운 여름의 추억을 선사해 준 게스트하우스

머릿속에 왜 그렇게 링크가 걸려 버렸는지 모르겠으나 Coast Guard가 Cost Guard로 받아들여져서 '사설 경비업체 직원이었나?'라고 생각했다. '그런데 그 표시를 왜 차에까지 붙이고 다니지?' 했는데 그 의문이 워싱턴 D.C. 내셔널 몰에 있는 제2차 세계대전 국가기념관에 가서야 풀렸다. 주인 할아버지는 Coast Guard, 즉 해안 경비대 출신이었던 것이다.) 딸 부부와 아들 부부가 근처에 살고 있어서 아이들이 자주 방문한단다. 두 자녀에게서 낳은 손자, 손녀가 8명이나 된다고 하니 저출산이 문제인 우리나라는 부러운 일이다. 기저귀만 찬 채 반라 상태로 부드러운 잔디밭을 아장거리며 따사로운 햇볕 아래 맑은 호숫가에서 마음껏 놀 수 있으니, 이보다 더 좋을 수 있을까. 맑은 햇살과 깨끗한 호수, 그 주위로 늘어선 상록수들 덕분에 우리들의 여름은 행복하다.

"엄마, 매년 여름은 시애틀에서 지내면 안 돼?"

돈 걱정, 시간 걱정 없는 애들은 팔자 좋은 얘기를 한다. 엄마도 그러고 싶구나.

▶ ▶ ▶ **우리에게도 미국의 보편적 복지 혜택을!**

게스트하우스는 근처에 앵글레이크Angle Lake를 끼고 있다. ㄴ자 모양의 호수 주변으로 미국식 이층집들이 늘어서 있는 깨끗하고 조용한 동네다. 우리나라에서는 웬만한 부잣집 별장이 아니고서야 호숫가에 있는 집을 보기 어려운데, 이곳은 지형적 특성상 호숫가에 있는 집이 많다. 자기 집 앞의 호수와 호숫가는 그 집의 소유로 인정해 주는 모양이다. 호숫가는 '여기서부터 여기까지 내 땅'이라고 담이 쳐 있지는 않았지만 자기 집이 속한 땅의 정면으로만 자기 소유라고 한다. 눈에 보이지 않는 선이 그어져 있는 셈이다.

카약을 타고 드넓은 호수 가운데로 노 저어 가면 스탠딩 패들보드, 대형 튜브, 카누 등으로 다양한 물놀이를 즐기는 사람들이 서로 손을 흔들고 눈인사도 나눈다. 조용한 호수에 몸을 맡기면 멀리서 찰싹찰싹 노 젓는 소리만 들려올 뿐, 마음까지 평온해진다. 깨끗하고 시원한 호수 위로 반짝이는 햇살이 더없이 맑다.

좋은 위치에 집을 지어 사는 사람들에게 자기 집에 딸린 프라이빗 비치Private Beach, 우리말로는 해변도 아니고 강변도 아닌 호변이라 해야겠지만 자연 호수를 자주 접해 보지 못해서 그런지 호변이라는 말이 어딘가 어색하다가 있다면, 그렇지 못한 사람들을 위해서는 공원Public Park이 있다. 우리가 거의 매일 출근 도장을 찍다시피 한 앵글레이크공원이 그런 경우다. 숙소에서 자전거로 10분 정도 거리에 비치Beach가 있고 물놀이장과 놀이터도 있어서 가면 한나절 보내는 것은 기본이다. 역시나 곧게 뻗은 나무와 잔디가 잘 가꿔져 있어서 어딜 돌아봐도 에버그린이다. 바비큐 시설도 여러 군데 있고 단체 모임을 위한 파티오도 있어서 아이들과 물놀이 하며 가족 단위 피크닉을 즐기는 사람들이 있다. 노는 것도 치열한 우리나라에서는 이런 시설을 이용하

려면 예약 신청 개시 시간에 맞춰 광클릭을 해야 겨우 잡을까 말까 한데, 여기는 사용 중인 테이블보다 비어 있는 테이블이 더 많다.

　호수 안쪽에 놓인 데크에는 낚시꾼들도 보인다. 물고기 낚는데 관심이 많은 우리 집 아이들은 그 옆에 앉아 남이 낚시하는 모습을 구경만 해도 좋단다. 며칠 동안 호숫가 나들이가 계속되다 보니 한 분이 본인 낚시대를 잠시 내어주셨다. 생각보다 쉽게 잡혀서 체험낚시로 한 마리씩 낚은 아이들 입가는 함박웃음이다. 낚은 고기는 등이 은회색이고 배는 핑크빛이 도는 송어다.《베렌스타인 베어The Berenstain bears》책에서만 보던 송어를 직접 잡아 보다니. 한국에 돌아와서 다시 영어책을 들춰 보니 송어는 정말 배가 핑크빛으로 그려져 있다. 눈이 열리고 나면 안 보이던 것들도 보이는 법이다. 잡은 고기는 튀김도 해 먹고 구워도 먹는단다. 낚시꾼 아저씨는 송어 기름이 연어 기름보다 훨씬 좋다며 칭찬이 늘어졌다. 우리나라의 도시 생활은 자연과 단절된 삶이지만 이곳은 도시에 살아도 자연과 가까이한다.

　공원에서는 여름방학을 맞아 어린이들Kids and teens에게 여름 무료 급식Free Summer Meals 이벤트를 한다. 아무래도 Public Park이다 보니 맞벌이로 인해 방학 중 방치될지 모르는 아이들을 위해 이런 행사를 하는 것 같다. 영양 균형을 맞추기 위하여 샌드위치 중에서 하나, 과일(야채) 중에서 하나, 흰 우유, 초코우유 중에 하나, 이렇게

▶ 나무가 많은 워싱턴주는 놀이터 바닥도 파쇄목으로 되어 있다. 여름이면 고무 냄새 올라오는 우리나라 놀이터를 생각하면 슬퍼진다.

세 개를 골라야 한다. 방울토마토를 좋아하는 둘째가 그날의 과일인 토마토만 더 받고 싶어 하기에 보냈더니 한 세트를 통째로 들고 온다.

"토마토만 더 받아 가는 건 안 된대."

이 사람들은 영양 균형에 목숨을 거나 보다. 결국 더 받아온 급식 세트의 토마토는 둘째가 먹고 우유, 샌드위치는 내 몫이 되었다. 받은 음식은 공원 안에서 다 먹어야 하고(집에 가져갈 수는 없다) 어른은 받을 수 없다. 하지만 대식가들의 나라답게 아이들이 한 번에 먹기에는 꽤 많은 양이라서 동양에서 온 입 짧은 아이들은 엄마가 반은 먹어 줘야 겨우 다 먹을 수 있다. 아이들의 동냥으로 내 점심까지 해결하니 내가 무슨 거지 왕초라도 된 기분이다. 한 가지 다른 점은 왕초는 자기가 먼저 먹고 남은 음식이 똘마니 차지라면, 나는 애들이 먼저 먹고 남은 걸 나중에 먹는다. 누가 진짜 왕초인지 모르겠다.

아이들이 가면 묻지도 따지지도 않고 음식을 준다. 시민권자인지 영주권자인지 이 동네에 사는지 이름이 무언지 묻지도 않고, 심지어 개수조차 파악하지 않는다. 나같이 미국에 세금 한 푼 안 내는 외국인 체류자에게도 제공되는 보편적 복지다. 이와 비슷한 일이 미국에 체류하는 동안 여러 번 있었다. 우리 같으면 내 피 같은 세금을 왜 이방인에게 써야 하냐고 항의하는 사람이 있을지도 모르겠다. 하지만 미국이 풍요로운 곳이어서 그런지, 아니면 복지에서는 우리보다 훨씬 오랜 전통이 있어서 그런지 몰라도, 주는 사람도 인색하지 않고 받는 사람도 필요 이상으로 욕심내지 않는다.

놀라운 것은 무료 급식이 월요일부터 금요일까지 매일 제공된다는 사실이다. 자원봉사자로 보이는 서너 명의 어른들이 매일 오전 11시쯤 자리를 잡아 12시부터 점심을 나눠주고 두, 세시 무렵에는 철수한다. 가끔은 점심시간 이후에 간식Snack time을 나눠줄 때도 있다. 샌드위치와 과일(야채)은 직접 만들어 싼 음식이다. 아마도 오전에 모여서 샌드위치를 만들어 아이스박스에 나눠 신고 지역의 공원으로 흩어지는 모양이다.

원래 미국 음식이 단조로운 편이지만 그래도 매일 피넛 버터, 참치, 치킨 등으로 샌드위치 내용물을 바꾸거나 과일도 포도, 토마토와 미니 당근, 체리 등 종류를 바꾸려는 노력이 보인다. 아무리 여름 동안만이라고 하지만 거의 석 달 동안 음식을 매일 제공할 수 있는 예산과 인력이 존재한다는 사실이 놀랍다. 미국의 보편적 복지 덕분에 우리의 점심은 이곳에서 잘 때웠다.

▶ 여름 무료 급식Free Summer Meals
이벤트를 알리는 간판

▸ ▸ ▸ 미국 경찰이 되고 싶다고?

시애틀의 여름 날씨는 천국과도 같다. 매일 이런 날씨라면 미세먼지로 찌들어 가는 내 조국을 떠나올 수도 있겠다는 생각마저 든다. 물론 이들이 날 받아 줄지는 미지수지만. 하지만 시애틀의 가을 겨울은 비로 인해 궂은 날씨로 악명이 높다. 현지인들의 말에 따르면 여름을 빼고는 내내 비가 내린다고 한다. 여름 날씨만 경험한 나로서는 상상이 잘 안 되지만. 스타벅스의 본고장이 시애틀이라는 것을 생각하면 따끈한 커피 한 잔을 안 할 수 없는 춥고 음습한 날들인가 보다.

그런 날들 끝에 맞이한 맑고 화창한 햇빛을 그냥 보낼 수 없어서인지 시애틀의 여름에는 온갖 지역 축제가 넘쳐난다. 친절한 호스트는 여름 동안 열리는 지역 축제를 정리한 신문을 비치해 놓았다. 6월 초부터 9월 초까지 석 달간 시애틀과 그 주변 지역에서 열리는 축제가 신문 대여섯 페이지에 걸쳐 깨알같이 소개되어 있어서, 우리의 체류 기간과 동선이 맞는 몇 곳을 방문해 보았다.

연일 계속되는 물놀이에 아침저녁으로 쌀쌀한 날씨까지 더해져 막내의 컨디션이 그다지 좋지 않다. 이제 본게임인 RVing이 며칠 남지 않았기 때문에 무리하지 말고 좀 더 재우는 것이 좋을 것 같아 한 여사 찬스를 쓴다. 친정엄마 편에 잠든 막내를 맡긴 채 첫째, 둘째만 데리고 투퀼라의 터치 트럭Touch a Truck 행사에 갔다. 와

우! 작은 동네 축제가 이렇게 괜찮다니! 어렵게 찾아온 수고를 다 보상해 준다. 대형 몰의 지상 주차장 한쪽을 다 비우고 온갖 종류의 특수차가 총출동해 있다. 앞에서 말했다시피 이 축제의 이름이 'Touch a Truck' 아니던가? 만져 보고 타 보고 옷도 입어 보면서 여러 가지 체험 거리를 해 볼 수 있다. 역시나 가장 인기 좋은 구역은 경찰서와 소방서에서 지원한 차량들이다. 영화에서나 보던 특수차는 어른인 내 눈에도 멋져 보인다. 경찰관과 소방관 아저씨가 배지나 소방관 모자 같은 기념품을 주면서 아이들이 실감 나게 체험할 수 있도록 흥미를 돋운다.

요즘에도 그런지 모르겠지만 미국 아이들이 가장 되고 싶어 하는 직업이 소방관이라는 말을 들은 적이 있다. 지금도 그렇다면 이 행사는 아이들의 소방차에 대한 로망을 풀 수 있는 곳이다. 막내의 장래 희망은 경찰이었는데 미국에 다녀온 후 약간의 변화가 생겼다.

"엄마, 나는 경찰이 될 건데 그중에서도 미국 경찰이 될 거야."

아이들을 통솔하기 위해 엄마는 미국 경찰에 대해 여차하면 엄마도 잡아갈 수 있는 슈퍼 파워의 강력한 존재로 이미지 메이킹을 해 놨다. 막상 가서 보니 어린 눈에도 워싱턴 D.C. 링컨 기념관에서 본 훤칠한 키에 총을 몇 개씩이나 찬 미국 경찰이 멋있어 보였나 보다.

'막내야, 그 꿈을 이루려면 네 국적부터 바꿔야 하는 대공사가

▶ 터치 트럭Touch a Truck에서 아이들에게 가장 인기 있는 차는 경찰차와 소방차

필요하겠구나.'

농기계, 견인차(미국의 견인 트럭은 크기가 정말 어마어마하다), 스쿨버스 등 온갖 종류의 트럭 외에도 에어바운스, 암벽 등반, 페이스 페인팅 등 아이들이 좋아할 만한 즐길 거리가 많다. 인구밀도가 낮아서 사람에 쓸려 다니는 우리네 행사장과는 사뭇 다르다.

미국의 지역 행사는 무료 기념품이 정말 많다. 그날 받은 레고 한 봉지는 미국에 체류하는 석 달 내내 최고의 놀잇감이 되었다. 모자, 연필, 스티커, 작은 장난감 등 방문하는 부스마다 기념품들이 넘쳐나는데 그 기념품을 담기 위한 가방을 기념품으로 나눠주는 부스도 있다. 풍요로운 나라 미국이다. 그런데 인상적인 것이 있다. 기념품을 받아 가는 모습에 나름의 질서가 있다. 더 달라면 더 줄 텐데도 한 부스에서 한 개씩만 받아 가고 과하게 챙기는 사람이 없다. 특히 이 행사는 아이들을 위한 행사여서 동네 꼬마들이 많았는데 어른들이 아이들의 물건을 챙기는 경우는 거의 없다. 우리 같았으면 엄마들이 먼저 나서서 한 움큼씩 집어갔을 텐데, 몸이 좋지 않아 못 오게 된 막내의 몫을 챙기는 내 손이 부끄러울 정도다.

"얘들아, 어른은 아무도 집어가는 사람 없지? 엄마가 민망하니까 니들이 희령이 것 하나씩 좀 더 챙겨 봐. 그냥 "Can I have one more for my little brother?" 이렇게 읊으면 돼."

하지만 원래 형제애란 긴박한 전시상황에나 나오는 거지 이런 평시에는 나올 리 없는 선한 마음이다.

'하, 결국 내가 나서야 하나.'

민망함을 감추려고 아무도 묻지도 않았는데 굳이 변명을 주절주절 늘어놓는다.

"집에 꼬마가 하나 더 있는데, 오늘 몸이 안 좋아서 쿨럭……."

기념품 부스에서는 모든 미국 부모들이 아이들에게 반복해서 하는 말이 있다.

"What would you say?" (이럴 때 뭐라고 말해야 하지?)

아이들도 정해진 대답이 있다.

"Thank you." (고맙습니다.)

그러면 상대방도 얼굴 가득 상냥한 미소를 띠고 이렇게 대답한다.

"You're very welcome." (교과서에서는 '천만에'라고 해석하지만 직역하면 '너는 아주 환영받는단다' 정도 되겠다.)

약속이나 한 것처럼 아이를 키우는 모든 미국 사람들이 같은 말을 반복한다. 저 패턴에서 어긋나는 대화를 들은 적이 없다. 미국 사회에서 통용되는 묵시적인 약속일까? 부모와 아이, 어른이 함께 외우는 예의 바른 아이로 키우기 위한 마법 주문 같은.

▶ ▶ ▶ 국립공원 주니어 레인저로 도전!

어차피 공항에서 숙소로 이동해야 하고 초기 정착을 위해서라도 첫 일주일은 차를 빌렸다. 최대한 본전을 뽑기 위해 그 일주일 동안 먼 거리에 있는 명소를 둘러보기로 했다. 아이들을 위해 유픽 U-pick, 딸기 농장에 가서 직접 따오는 체험 농장 체험도 했으나 역시 나의 주된 관심사는 국립공원이다. 그중에 당일로 다녀올 만한 거리에 있는(아니 있다고 생각한) 두 군데를 가 보았다.

레이니어국립공원Mount Rainier National Park은 시애틀 어디서라도 고개를 들면 보이는 산이다. 우리 집에서 10킬로미터 남짓한 관악산도 보이다 안 보이다 하는데, 100킬로미터가 넘는 거리(거의 서울에서 세종시 거리)가 맨눈으로 보인다는 것은 놀라운 일이다. 높이(해발 4,392미터)도 있고 시야도 깨끗하지만 주변에 가리는 것이 없다는 뜻이기도 하다. 게스트하우스 거실 창을 통해서도 레이니어산이 보인다. 한여름인데도 산 정상에는 만년설이 하얗게 내려 앉았다. 태어나서 처음 보는 만년설, 우리 오늘 보러 가는 거야!

고속도로로 다니면서 아이들과 한국과 미국의 다른 점 찾기 놀이를 했다. 아이들의 눈에는 뭐가 달라 보이는 걸까? 가장 먼저 나오는 대답이 의외다.

"미국엔 아파트가 없다."

평생을 아파트에서만 살아온 아이들이라 주거지 변화가 가장 크게 다가왔나 보다. 넓은 땅덩이를 가진 나라의 축복이란다.

"미국 신호등은 눌러야 켜진다. 또 건너는 표시가 초록색이 아니다."

요즘엔 우리나라에서도 종종 보이는 것 같다. 보행자 작동 신호. 기계를 좋아하는 첫째는 신호등 기둥 밑에 있는 버튼을 발견해서 이 시스템을 바로 알아챘다. 그만큼 걸어 다니는 사람이 드물다는 뜻이겠지? 집 앞 마트도 차를 타고 나가는 자동차 왕국이란다.

"횡단보도에서 어린이가 기다리면 차를 뒤로 빼 준다."

이건 나도 놀랐던 부분이다. 이면도로에서 메인도로로 진입하는 T자형 교차로에 분명 차가 먼저 들어와 있었다. 우리는 당연히 그 차가 지나가기를 기다렸다가 길을 건너려는데, 웬걸 오히려 차가 후진해서 우리의 보행로를 확보해 준다. 처음엔 그 운전자의 매너가 좋은가 보다 생각했지만 횡단보도에서 번번이 그런 상황을 마주하자 이 사람들의 의식 수준이 높은 것으로 결론을 냈다. 차보다 사람이 먼저고 특히 어린이는 약자이니 약자를 보호해야 한다는 개념이 전반적으로 깔린 듯하다. (물론 대도시나 다운타운에서는 기대하지 말자.)

레이니어국립공원이 넓은 국립공원은 아니라 할지라도 미국 국립공원은 기본 규모가 있어서 현지인들은 며칠씩 야영을 하며 이곳저곳을 누비고 다닌다. 하지만 우리 같은 단기 여행자에게는 허락되지 않는 호사이기에 딱 한 군데만 간다면 어디로 가야 할까 고민하는 수고가 필요하다. 여름엔 들꽃이 예쁘고 산봉우리를 가까이에서 바라볼 수 있는 파라다이스 지역이 낙점됐다. 주말이면 주차장에 빈자리가 없다고 하더니 평일이었음에도 불구하고 입구에서부터 만차Paradise parking Full 표지가 있다. 중국인 관광객들의 단체 버스도 많이 들어온다. 서울에서 운전하던 실력으로 운 좋게 겨우 도로변 갓길 한 자리에 차를 댔다.

코발트블루의 하늘과 거대한 통나무집 같은 헨리 잭슨 탐방안내소Henry M. Jackson Visitor Center, 그 뒤로 파라다이스 트레일Paradise Trails과 레이니어산은 엽서에 나오는 모습 그대로다. 우리 같은 초짜가 국립공원을 가장 잘 즐기는 방법은 바로 탐방안내소에서 시작하는 것이다. 미국의 모든 국립공원은 탐방안내소에서 그 지역에서 필요한 정보(날씨, 일출몰 시각, 캠핑장 현황, 트레일 정보 등)를 가

▶ 주니어 레인저 선서. 주니어 레인저 활동 중 가장 중요한 시간이다. 진지한 선서를
마치면 영예로운 주니어 레인저 증서와 레인저 배지가 수여된다.(위) 미국과 캐나다
의 국립공원에서는 여름 동안 다채로운 어린이 프로그램을 무료로 진행한다.(아래)

장 정확하게 제공한다. 이곳 파라다이스 탐방안내소는 관광 안내소뿐만 아니라 롯지, 레스토랑, 작은 박물관을 겸하고 있어서 사람들로 붐빈다.

마침 주니어 레인저 프로그램Junior Ranger Program, 국립공원 관리자인 레인저들이 어린이들을 위해 운영하는 교육 프로그램이 진행되는 시각이니 우리의 첫 번째 주니어 레인저 프로그램에 참여해 보자. 탐방안내소 뒤쪽에 주니어 레인저 부스가 있다. 작은 텐트에서 모루와 비즈를 이용한 눈송이 만들기를 하는데, 만들기를 좋아하는 우리 집 아이들은 시간 가는 줄 모르고 열중한다. 아이들에게 충분한 시간을 주고 이런 프로그램에 참여할 수 있다는 점이 자유 여행의 가장 큰 장점이다. 레인저가 디지털 풍향계 사용법, 모래와 물의 온도 차이 등을 설명하고 직접 다뤄볼 수 있게 도와준다.

미국은 국립공원마다 주니어 레인저 프로그램을 '무료로' 운영하는데 해당 국립공원의 특징적인 내용을 다룬 다양한 프로그램이 스케줄에 따라 운영된다. 그중에 꽃은 주니어 레인저가 되는 것이다. 탐방안내소에 주니어 레인저 워크북을 요청하면 얇은 활동 안내 책자Activity Book를 주고 할당된 페이지 수만큼(주로 나이에 따라 다르게) 완성하면 해당 국립공원의 주니어 레인저가 될 수 있다. 레인저가 워크북을 확인할 때 간단한 질문 몇 가지를 던지기도 하지만 잘했나 못 했나 검사하는 질문이 아니라 이 국립공원에 대한 이해와 느낌을 끌어내는 질문이다. 언어에 대해 배려를 해 주는 것은 물론이다.

　나름 주니어 레인저로 임명되었으니 선서도 해야 한다. 애들 장난 같아 보이기도 하지만 선서를 진행하는 레인저나 참여하는 아이들 모두 사뭇 진지하다. 감정 표현이 격한 서양 부모는 감동받은 눈빛으로 자녀들을 바라본다. "As a Junior Ranger……(주니어 레인저로서……)"로 시작하는 선서는 아이들이 레인저의 말을 받아 한 마디씩 자기 입으로 따라 말해야 한다. 주로 '자연을

▶ 옐로스톤국립공원의 주니어 레인저 워크북. 나이에 따라 수행해야 하는 활동 개수와 상품으로 받는 패치가 다르다.

보호할 것이며 쓰레기를 버리지 않고 동식물을 사랑하고' 이런 내용이지만 선서를 인도하는 레인저의 센스에 따라 '양치를 잘 하고 편식을 하지 않고 부모님 말씀을 잘 들을 것이며' 같은 내용을 넣는 경우도 있다.

'니들 분명히 선서했다.'

선서가 끝나면 워크북 맨 뒷장의 주니어 레인저 증서에 이름을 쓰고 레인저의 서명을 받고 주니어 레인저 배지를 받으면 진짜 주니어 레인저가 된다. 별거 아닌 것으로 보일 수도 있고 애들 장난이라고 치부할 수도 있지만 아이들도 스스로를 꽤나 자랑스러워한다. 며칠에 걸쳐 워크북 활동을 한 경우도 있고 꽤 어려운 미션을 요구한 워크북도 있다. 워크북을 풀다 보면 해당 국립공원에 대해 자세히 알게 되고 이런 과정을 거쳤기에 그곳의 주니어 레인저가 되는 것이 더 의미 있다. 우리나라는 고도성장한 경험으로 인해 '돈'이 가장 중요한 가치지만 아직 이들은 '명예'를 중요한 가치로 여기는 것 같다. 그렇기 때문에 주니어 레인저 선서가 중요한 것이고 한낱 플라스틱 배지가 자랑스러운 것이다. 어른인 나도 '명예Honor'라는 고귀한 가치를 다 이해할 수는 없지만 열심히 활동을 하고 그 국립공원에 대해 알아 간 노력의 대가이기 때문에 더 소중하다. 주니어 레인저 배지가 돈으로 살 수 없는 훌륭한 기념품이 된 것은 물론이다.

레이니어국립공원에서 처음으로 주니어 레인저가 된 뒤로 우

▶ 주니어 레인저로 활동한 결과물인 배지 하나하나에 우리의 추억이 담겨 있다.

리가 방문한 모든 국립공원에서 주니어 레인저 활동을 했다. 국립공원 서비스국이 유적지Historic Site도 관장하기 때문에 동부 여행을 할 때는 게티즈버그 전쟁터나 워싱턴 D.C. 링컨기념관 등 역사 유적지에서 주니어 레인저 활동을 했다. 주니어 레인저 조끼에 달린 배지들이 하나씩 늘어 여행이 끝날 무렵에는 30개가 넘는 주니어 레인저 배지가 주렁주렁 달렸다. 그 조끼를 입고 선서를 하러 가면 레인저들의 대우가 달라진다. 지나가던 백인 아이들마저 부러운 시선으로 바라본다.

✅ 주니어 레인저 활동 정보는 어디에서 찾을까?

미국의 모든 국립공원에서 주니어 레인저 활동을 할 수 있다. 탐방안내소(Visitor Center)에서 주니어 레인저 워크북을 요청하면 받을 수 있고 글레이셔국립공원과 같은 일부 국립공원은 홈페이지에 워크북을(정답지까지 포함하여) 올려놓기도 한다. 대부분은 무료로 제공되지만 옐로스톤이나 요세미티 같은 대형 관광지에서는 유료로 판매하기도 한다. 하지만 지불한 금액 이상의 가치로 돌려주니 아까워하지 말고 꼭 참여해 보자.

개별 국립공원의 홈페이지에는 'Learn About the Park-Kid&Youth' 코너에 'Be a Junior Ranger' 페이지가 있다. (요세미티국립공원의 주니어 레인저 페이지 www.nps.gov/yose/learn/kidsyouth/beajuniorranger) 일부 국립공원의 주니어 레인저 활동은 하루로는 부족한 경우도 있으니 체류 기간이 길지 않다면 미리 홈페이지에서 정보를 확인하고 방문하는 것이 좋겠다.

역사 유적지Historic Site를 방문하는 경우도 안내데스크에서 모자를 쓰고 갈색 제복을 입은 레인저에게 요청하면 워크북을 받을 수 있다. 보통 역사 유적지의 워크북은 국립공원의 워크북보다 간단한 편이다. 국립공원 서비스국의 관할 구역이 생각보다 많아서 미 전역의 많은 곳에서 주니어 레인저 활동을 할 수 있다. 보통 여행으로 많이 찾는 뉴욕의 맨해튼이나 워싱턴D.C.에도 주니어 레인저 활동을 할 수 있는 곳이 여러 군데 있다. 국립공원 서비스국 홈페이지에는 주별로 국립공원 리스트를 확인할 수 있으니 장기 여행이나 대형 국립공원이 아니더라도 아이들과 함께 한다면 꼭 주니어 레인저 활동을 해 보기를 추천한다.

세 남매와 함께한 30일
9,000킬로미터 캠핑카 여행

캐네디언로키,
캠룹스부터 공룡주립공원까지

▶ ▸ ▸ ▸ **다람쥐만 한 힘이라도 자기 몫은 해낸다**

출발이라는 말에는 약간의 긴장과 기대가 공존한다. 스스로 간이
큰 편이라고 생각하지만, 여행의 모든 일정을 통틀어 가장 긴장되
는 순간이 바로 RV를 인도받아 첫 운전을 하던 때다. 평생 캠핑카
에 들어가 본 적도 없는 내가 그 차를 운전하다니. 긴장되는 마음을
누구와도 나눠가질 수 없고 무엇보다도 아이들은……, 아이들은 오
로지 나만 쳐다보고 있을 것이다. 차 키를 받고 운전석에 앉는 순간
을 상상하는 것만으로도 심장이 두근거린다. 그래도 할 수 있는 모
든 이미지와 상식을 총동원해서 구체적으로 상상하며 연습한다. 그
래야 미리 챙기거나 찾아 둬야 할 것들이 떠오르기 때문이다.

키를 받는다. 운전석 앞으로 가서 문을 연다. 내비게이션을 장

착한다. 목적지를 설정한다. 키를 꽂는다. 안전띠를 매고 브레이크를 밟는다. 시동을 건다. 브레이크에서 발을 뗀다. 이 모든 과정 중에 아이들은 뒤에서 엄마만 바라보고 있다. 하아, 아무리 상상해도 너무나 떨린다. 하지만 포기할 수는 없다. '해 보자. 막상 닥치면 잘 할 수 있을 거야.'

RV 픽업 전 내게 가장 큰 산은 역시나 짐이다. 한 번 푼 짐을 다시 싸기란 여간 어려운 일이 아닌데 쌀, 김치, 간식 등 현지에서 산 물건들 때문에 짐은 더 늘어나 있었다. 그즈음 게스트하우스 주인장 할아버지인 할베이의 픽업트럭이 눈에 들어왔다. 매일 문을 열면 바로 보이던, 'Coast Guard'라고 붙어 있는 30년은 된 듯한 자주색 포드 픽업트럭! 저 트럭을 이용하면 아무 문제없이 모든 짐과 사람이 한 번에 이동할 수 있다. 부지런한 할베이가 아침에 마당을 가꾸고 있을 때를 노려보자. 떨리는 마음으로 부탁을 드려 본다.

"No Problem!(그럼요)"

이동에 대한 모든 무거운 걱정거리가 한 방에 날아가는 순간이다. 마음씨 좋은 노신사께 땡큐를 연발하지 않을 수 없다. 출발 당일 아침, 짐을 준비하고 보니 역시나 이삿짐 규모의 어마어마한 짐이다. 우리를 위해 운전해 주시는데, 칠순도 한참 넘어 보이는 할아버지께 짐 싣는 수고까지 하시게 하고 싶지 않다. 고양이 손도 빌린다더니 둘째와 막내는 다람쥐처럼 오르락내리락 작은 짐을 옮긴다. 이 녀석도 남자라고 무거운 짐은 첫째와 함께 들고 계단을 내려가니 훨씬 수월타. 바쁜 아빠의 부재가 아이들을 더 독립적으로 크게 했는지도 모른다. 이 풍요의 시대에는 아이러니하게도 결핍이 아이를 키운다.

온갖 것을 못 해 줘서 한인 이 시대 부모들이 들으면 그게 무슨 말이냐 할지 모르겠지만, 지금까지 육아 경험상 사랑을 제외하고 그 외에는 넘치는 것보다 좀 모자라는 게 낫다. 특히 물질적인 부분에서는 더욱더 그러하다. 아빠와 시간을 맞출 수가 없어서 우리 집은 아이들과 엄마만 여행을 자주 다녔다. 대부분 집이 그렇듯이 대한민국 아빠들은 늘 바쁘다. 때로는 아빠가 여유 시간이 생길 때까지 기다려야 할 때도 있다. 어떤 때는 여정 마지막에 아빠가 합류한 경우도 있었다.

첫째가 1학년이던 여름, 제주도에 갔을 때다. 1학년이면 어리다 하겠지만 우리 집은 그 밑으로도 여섯 살, 네 살 꼬맹이들이 더 있다. 여행 중에는 대부분을 같이 지지고 볶지만 각자의 몫을 해내야 하는 시간이 있다. 그날도 그런 시간이었다. 엄마는 호텔 체크인을 하고 아이들은 수영장에서 먼저 놀고 있겠다고 했다. 몇 분 안 되는 시간이지만 아직 애들끼리 두기에는 마음이 불안하다. 후딱 체크인을 마치고 수영장으로 가 보니 저 멀리 첫째의 뒷모습이 보인다. 일부러 잠시 멈춰서 뭘 하나 살펴보았더니 직원에게 무언가를 한참 설명한 후 원하는 바를 해결하고 돌아간다. 튜브 바람

넣는 기계에 문제가 있었던 모양이다. 아마 엄마가 있었으면 엄마에게 해 달라고 했을 것이다. 아빠도 엄마도 없는 시간, 결핍이 아이를 성장시킨다. 그날 첫째의 뒷모습은 두고두고 기억되는 한 장면이다.

자녀는 떠나보내기 위해 키운다. 그것이 자연의 법칙이고 순리라 믿는다. 자녀 양육의 목적은 떠나보냄이지만 이 험한 세상에 그냥 내던져 둘 수는 없기에 잘 떠나보내려고 이토록 죽을 둥 살둥 최선을 다해 키운다. 이번 여행도 더 멀리 안전하게 떠나보내기 위해 튼튼한 날개를 준비하는 시간이 되리라.

▸ ▸ ▸ 초보 운전도 아닌데 두근거리는 RV

RV 렌터카 회사는 들어오는 차량, 나갈 준비를 하는 차량 등 막바지 성수기 손님들로 가득하다. 하계 인턴인 것 같은 청년의 기계적인 설명을 무슨 하나님 말씀이라도 되는 양 하나라도 놓칠세라 한글과 영어를 뒤섞어 적어 가며 듣지만 머릿속은 어쩐지 뒤죽박죽이다.

"다 알아들었죠? 그럼, 여기 사인하세요."

얼결에 사인하긴 했지만 이곳을 떠나면 더는 도와줄 사람이 없을 것 같은 불안감에 다시 가서 묻고 또 묻는다. 그러는 사이 시간은 흘러 흘러 우리보다 늦게 준비한 팀들도 다 떠나고 우리만 남았다.

'맞다! 우리 오늘 갈 길이 멀지?'

그제야 부랴부랴 짐을 욱여넣고 출발한다. 정리할 시간도 없다. 그냥 막 다 때려 넣고 바로 출발이다. 짐 싣는 데 열중해서였을까? RV 운전대에 앉아 있다는 상상만으로도 맥박이 빨라졌건만 어느새 차에 올라타 달리고 있다. 운전 경력 20년, 역시 몸으로 익힌 건 몸이 스스로 알아서 하는구나.

시애틀에서 우리의 첫 번째 목적지인 재스퍼까지는 구글 지도 상으로도 10시간이 넘게 걸리는 장거리다. 하지만 시애틀 근교 국립공원을 다녀오면서 소요 시간은 항상 구글 지도보다 1.5배 정도 더 걸린다는 사실을 깨달았다. 게다가 지금은 승용차도 아닌 RV 아닌가? 도저히 하루 만에 갈 수 없는 거리라서 중간 어디쯤에서 하룻밤을 묵고 다음 날 재스퍼로 들어가야 한다. (그래서 재스퍼캠핑장도 RV 시작 다음날부터 예약을 했다.) 하지만 RV 픽업을 몇 시에 할 수 있을지, 내가 그 차에 적응하는 데 얼마나 걸릴지 예상할 수 없기에 함부로 첫날 밤 캠핑장을 예약할 수 없다. '그래, 지도상에는 수많은 RV 캠핑장RV park이 존재하니 일단 가는 데까지 가 보고 적당한 지점에서 잠깐 잠만 자고 나오자.'

하지만 이건 어디까지나 인터넷 세상 얘기다. 여행에서 구글 지도는 없어서는 안 될 필수 도구지만 현실은 어디까지나 현실이라는 점을 잊지 말자. 인터넷 세상에서는 공간의 제약 없이 휘리릭 쉽게 이동하고 쉽게 찾을 수 있고 뭐든 쉬워 보이지만, 현실에서는 물리적인 공간의 제약이 따르고 내 손발을 움직여 수고하지 않으면 저절로 되는 일이 없다는 것을 알아야 한다. 나는 두 발을 땅에 딛고 사는 인간일 뿐. 구글 지도를 포함하여 여러 도구, 블로그, 여행기, 다른 사람들의 경험은 참고는 하되 그것은 어디까지나 참고 사항일 뿐이다. 이 여행은 내가 몸으로 겪어야 하는 여행이다. 우리의 캠룹스 첫날 밤이 그랬다.

　　RV 운전은 생각보다 빨리 적응했고 시애틀 근교에서 약간의 교통체증을 겪었으나 그리 심하지는 않다. 걱정하던 국경 통과도 문제없었다. 미국에서 먹다 남은 음식, 그리고 한국에서부터 공수한 어마어마한 양의 식료품 때문에 가슴이 콩닥콩닥했으나 잘생긴 브리티시컬럼비아주 입국 심사원은 쉽게 입국 도장을 팡팡 찍어준다. I-5 고속도로를 따라 북진하는 우리는 아무 문제가 없어 보였다. 국경을 넘기 전까지는…….

　　국경을 넘자마자 믿고 있던 내비게이션이 먹통이다. 분명히 북미 지역은 모두 커버가 가능한 모델이라고 들었고 미국에 있을 때 너무나 잘 사용하던 기기였는데. 조금은 막막하지만 길이 여러 갈래 나 있는 것도 아니고 우리는 북동쪽으로 쭉 올라가야 하니 해지는 서쪽을 등지고 길을 따라 올라가면 될 것이다. 중간중간 '재스퍼 ○○○킬로미터'라는 표시를 확인하며 안도하고 혹시 갈림길이 있으면 친절한 이정표를 따라 속도를 줄여서 신중히 선택하고. (실은 선택할 것도 없다. 계속 직진이다.) 크게 어려울 건 없다. 해가 지기 전까지는……

따로 예약하진 않았지만 1박 예정지로 내심 찜해 둔 지역은 시애틀과 재스퍼의 중간 즈음인 캠룹스다. 캠룹스는 캐네디언로키 Canadian Rocky, 캐나다 서부에 있는 로키산맥의 일부 관광의 관문 도시로, 우리로 치자면 강원도 태백산맥을 앞에 둔 원주쯤 되는 도시랄까? 캐네디언로키 관광의 전진기지 역할을 하는 곳이다. 캠룹스까지 넘어오는 길에 이미 해는 지고 어두워졌다. 한 여사는 이미 밖이 아주 어두워졌으니 그만 가자고 하신다. 하기는 여기까지 오는 길도 미국과는 달리 확실히 인적이 드물어졌다. 산을 몇 개 넘어야 마을 하나 나오고 또 몇 개 넘어야 다음 마을이 하나 나오는 터라 여기를 지나치면 또 얼마의 산을 넘어야 할지 모른다.

무조건 불빛 밝은 쪽 출구로 나가자는 한 여사의 종용에 못 이기는 척 고속도로를 빠져나와서 주유부터 한다. 주유소에서는 두 가지 안 좋은 소식이 있었는데, 첫째는 주유소 직원이 근처 캠핑장에 대해서 아는 게 없다는 것과 다음은 이 모든 불안한 상황을 압도하는 기름값이다. 고속도로에서 속도를 내면서부터 연료 계기판 바늘이 뚝뚝 떨어졌다. 여기까지 오는데 벌써 3/4이나 없어졌다. RV의 악명 높은 연비는 익히 알고 있었고 홈페이지 공인연비에서 한참 감한 연비로 계산하며 마음의 각오를 다졌지만 현실은 더욱

냉혹하다.

'일단 60달러만 넣어 보자.'

2/3는 채워지길 바랐으나 얼토당토않다. 총 4칸 중에 겨우 눈금 한 칸이 채워졌을 뿐이다. 그러면 가득 채우려면 240달러가 든다는 얘기? 아무리 캐나다 달러라고 하지만 믿을 수가 없다. 아니 믿고 싶지 않다. 그러면 앞으로 남은 여정을 소화하기 위해서는 얼마가 더 든단 말인가? 전체 일정을 대략 6,000마일로 생각했을 때 유류비로 1,200달러 정도를 책정했는데 지금 같은 상황이라면 2,000달러도 훨씬 넘을 것 같다. 환전해 온 캐나다 달러도 얼마 없는데…… 머릿속으로 온갖 계산이 돌아가지만 일단 지금 당장은 오늘 잘 곳을 찾는 것이 먼저다.

눈에 뭐라도 걸릴까 싶어 정처 없이 동네를 돌아다니지만 역시나 캐나다의 인구밀도는 우리와 다르다. 더욱이 내일 아침에는 내비게이션도 없이 아까 나온 고속도로를 찾아 다시 북진해야 하기에 마냥 멀리 갈 수도 없다. 주유했던 곳을 기점으로 머릿속으로 방향을 가늠해 가며 동네를 돌아다니지만 캄캄한 곳에서 방향 감각은 점점 엉켜간다. 지금 생각해 보면 마음의 안정을 찾아 불나방같이 불빛을 쫓아 계속 시내 한복판으로 들어가서 캠핑장이 더 없었던 모양이다.

'그냥 길옆에 차를 세워 놓고 자야 하나? 아무리 RV지만 첫날부터 애들하고 노숙을 하기는 좀 불안한데.' 마음의 초조함이

턱 밑까지 찼을 때 하늘에서 한 줄기 빛이 내려왔다. 눈앞에 환하게 밝혀진 간판이 있었으니 바로 월마트. 구세주를 만난 듯, 뭐에 홀린 듯, 일단 마트 주차장으로 향한다. 마침 거기에는 우리 같은 RV가 몇 대 주차되어 있으니 더 안심이다. 염려증이 있는 한 여사는 여기서 한 발짝도 더 움직이지 않을 태세다. 노숙자 단속반이라도 올세라 살금살금 라면을 끓여 저녁을 해결한다. 지금까지 조용하다가 역시 라면이 맛있다느니, 내일 아침에 마트 문 열면 간식을 하나 사 달라느니 먹는 입 따로, 말하는 입 따로 재잘 대는 것을 보니 애들도 안도감을 느낀 모양이다. 하긴 철부지들이라고 왜 불안하지 않았을까? 대충 양치만 하고 자리에 눕지만 머릿속은 복잡하기만 하다. 일단 잘 곳을 찾았다는 안도감과 내일 다시 고속도로를 찾을 생각, 무엇보다 기름값에 대한 걱정이 뒤엉켜 잠은 제대로 잘 수 있을까 싶다. 하지만 일단 오늘 잘 곳이 있음에 감사하고 내일 일은 내일 걱정하자. 내일은 내일의 태양이 뜰 테니.

▶ ▶ ▶ 산중에 교통 체증이?

내일의 태양이 뜨긴 했지만 길을 잃었다. 어젯밤 기억을 최대한 더듬어 어제 그 고속도로 입구를 찾았으나 어디서 어떻게 잘못 들어섰는지도 모르게 길을 잃었다. 아니 길을 잃은 것 같다. 내비게이

✅ 캠핑카를 운전할 때 이것만은 알아 두자

북미 RV는 크기는 하지만 오토라서 일반 차량 운전과 다른 점은 없다(유럽 쪽 RV는 수동 운전이 대부분이다). RV 운전에서 가장 신경 쓰이는 점은 길이보다 폭이다. 내가 운전하고 있는 폭이 다라고 생각하면 안 된다. 본체가 되는 차량에 트레일러 박스를 얹은 것이므로 운전자 등 뒤쪽으로 양옆에 50센티미터씩 더 튀어 나와 있다. 좁은 곳에 무리해서 들어가는 일은 절대 없어야 한다. 폭과 길이는 고속도로 운전에서는 크게 신경 쓸 일이 없으나 일반도로에서 우회전하거나 주차 시에는 폭과 길이를 신경 써야 한다. 보통의 북미 트럭은 변속기어가 오디오박스 밑이 아니라 핸들 옆, 와이퍼 작동 레버 근처에 있다.

RV는 처음 인수할 때 물탱크는 가득, 그레이와 블랙통은 빈 채로 인도해 준다. 우리처럼 첫 날 이동거리가 많은 경우 차라리 물탱크를 비워 달라고 하는 것도 좋은 방법이다. 캠프그라운드에서 물 보급은 어렵지 않다(소규모 캠프그라운드 중 오물을 버리는 곳이 없는 곳은 있어도 물을 채울 수 없는 곳은 없다).

나는 아날로그 사람이라 생각도 안 했지만 'gasbuddy' 같은 기름값 비교 앱도 있다. RV의 연비는 살인적이므로 기름값 정보를 미리 알아 두고 간다면 도움이 된다. 통상 코스트코 주유소가 가장 싸기 때문에 한국 멤버십이 있다면 가져가는 것도 좋다. 단, 인터내셔널 카드는 직원의 도움을 받아야 하고 국립공원 여행에서는 코스트코를 만날 일이 많지 않다는 것이 아쉽다.

휴대폰으로 내비게이션을 쓸 수는 있지만 가급적 휴대폰 외에 내비게이션을 장착하는 것이 좋다. 산속에서 휴대폰은 데이터는커녕 통화도 안 될 경우가 많다. 무엇보다 지도를 준비하자. 산속에서는 디지털 기기보다 아날로그 방식이 더 유용할 때가 많다.

선도 지도도 없어서 길을 잃었는지조차도 확인할 수 없으나 우리는 북쪽으로 가야 하는데 해가 정면에서 뜨고 있으니 의심이 짙어진다. 마침 주유소가 하나 보이니 여기서 확인해야겠다. 나 같은 사람이 많았는지 너털웃음을 지어 보이는 주인아주머니가 친절하게 설명해 주신다. "여긴 동쪽으로 밴프 가는 길이에요. 캠룹스 쪽으로 돌아가면 재스퍼 행 이정표가 보일 거예요." 어쩐지 해가 정면에서 뜨더라니. 아침 일찍 길을 나섰는데 1시간이나 허비했다는 허무함과 이만하길 다행이라는 안도감이 교차한다. 되돌아가는 길은 친절한 이정표 덕분에 어렵지 않게 길을 찾았다. 이제 해는 내 오른쪽에서 뜬다. 재스퍼에 다가갈수록 나무 모양도 더 뾰족해졌고 머리에 만년설을 인 험산 준봉이 많아진다. 구글 지도상으로는 그리 멀지 않아 보이던 거리였지만 실제로 겪은 캐나다는 역시 광활한 나라다.

아이스필드 파크웨이Icefield Parkway의 사악한 기름 가격을 미리 들었던 터라 캐네디언로키에 들어서기 전 마지막 주유소에 들렀다. 기름이 끝없이 들어가는 주유기를 바라보며 마음이 착잡하다.

'아, 꿈에 그리던 RV 여행! 그 꿈은 악몽이 되어 가는 건가?'

주유비도 그렇지만 이동 시간도 문제다. RV는 시속 60마일 이상은 달리기 어려웠고 이런 산길에서는 더더욱 그러하다. 그렇다고 무리하게 과속할 수도 없다. 그렇다면 어떻게든 동선을 줄여야 한다. 하지만 정보가 없다. 핸드폰도 불통이고 이 산속에 와이파이

▶ 캠핑장 사이트마다 예약 확인증을 끼우는 클립이 있다. 체크인 데크스에서 예약 확인증을 받아 클립에 끼워 놔야 무단 점유로 오해받지 않는다.

가 잡힐 리도 없다. 현대인은 스마트해진 것 같지만 스마트 기기를 이용하지 못하면 손발이 묶이는 바보가 되어 버렸다. 일주일 후 캘거리에 사는 친구를 잠시 만나기로 했으니 도시로 나가서 생각하자. 어쩌면 이게 다행인지도 모른다. 뭐라도 검색할 수 있는 환경이 됐으면 내 성격에 밤잠 안 자고 답이 나올 때까지 수만 가지 경우의 수를 굴려 보고 있을 테니.

재스퍼국립공원Jasper National Park에 들어오자마자 한 무리의 무스Moose, 낙타사슴이라고도 하며, 유럽에서는 엘크라고도 한다 떼가 우리를 환영한다. 사실 나는 동물에 그다지 큰 관심도 없고 시크한 성격이라

'뭐, 그냥 큰 사슴이잖아?' 하고 지나칠 수도 있었다. 하지만 주위의 분위기가 너무 호들갑스러워서인지 그 녀석들은 내 막눈에도 뭔가 특별해 보인다. 서구인의 야생동물 사랑은 유별나다. 버드와칭Bird Watching이나 웨일와칭Whale Watching이 몇 시간을 기다려 야생동물을 잠깐 보고 오는 것뿐이지만 그 잠깐의 만남을 위해 이들은 참을성 있게 시간과 돈과 에너지를 투자한다. 농경문화인 우리와 달리 이들에게는 사냥꾼의 피가 흐르는 것이 확실하다. 거대한 체구의 야생 사슴을 처음 본 아이들은 신이 났다. 겁이 많은 막내는 신기하기는 해도 겁이 나서 가까이 가지는 못하고 멀리서 쭈뼛거린다.

'이렇게 겁이 많아서 곰은 어떻게 만날래?'

언제 왔는지 국립공원 관리직원들이 무스가 너무 가까이 있으니 모두 차로 돌아가라고 한다. 하긴 아무리 초식동물이라 해도 뿔이 난 수놈들은 위험해 보인다. 국립공원 내에서는 야생동물과 만남에서 안전거리를 유지하라는 경고 문구를 수시로 볼 수 있다. 산중에 교통체증이 있거나 차를 양옆에 세우고 길가에 사람들이 몰려 있다면 야생동물이 있다는 뜻이다. 그러므로 속도를 줄이고 항상 전방을 주시하며 운전해야 한다. 더욱이 RV는 무게 때문에 브레이크가 많이 밀린다. 나도 야생동물을 보겠다고 급작스레 튀어나오는 십 대 남자아이 때문에 심장이 철렁했는데, 외국에서 인명사고는 생각하기도 싫은 대재앙이다.

마지막 남은 한 자리를 예약한 휘슬러캠핑장은 이틀간의 운

▶ 여름에는 캠핑장에서 매일 밤 어린이 프로그램이 진행된다.

전 피로를 날려 주기에 충분하다. 사이트 하나하나가 나무로 둘러싸여 있었는데 대형 텐트 세 동을 치고도 남을 만한 공간이다. 루프Loop마다 화장실이 딸려 있고 개수대에서는 뜨거운 물이 콸콸 나온다. 이와는 별도로 캠핑장 중앙에 무료로 이용할 수 있는 샤워장도 있다. 캠핑장 내 극장에서 매일 밤(밤이라고 해도 해는 중천에 있다) 어린이 프로그램이 진행되는데, 오늘의 활동은 늑대와 순록 놀이다. 한 아이를 지정하여 늑대 모자를 씌워서 늑대 역할을 시키고 나머지 순록은 적당한 서식지를 찾아서 이쪽에서 저쪽으로 이동한다. 이동 중에 늑대에게 잡히면 그 아이도 늑대가 된다. 진행하는 직원이 중간중간 웅덩이도 만들고 산불이 났다며 한쪽을 폐쇄하면서 점점 난이도를 높여간다. 영어를 제대로 알아들을 리 없는 우리 집 삼 남매도 대충 눈칫밥으로 뛰어다닌다. 물론 더 개념이 없는 막내는 정해진 순록 서식지를 벗어나서 제 맘대로 아무렇게나 뛰긴 했지만 아무렴 어떨까? 벌겋게 상기된 얼굴로 마냥 신나서 깔깔 댄다.

'그래, 내 이 모습을 보려고 이역만리를 달려왔지.'

▶ ▶ ▶ 캠핑장에서는 역시 마시멜로 구이

한바탕 뛰고 온 아이들은 마시멜로를 굽겠다고 난리다. 마시멜로 먹고 찐 살은 지구 한 바퀴를 돌아도 안 빠진다는 무시무시한 괴담이 돌지만, 여기 사람들은 그런 낭설 따위는 아랑곳하지 않나 보다. 크기가 압도적이다. 마시멜로를 구울 모닥불을 피우기 위해서는 별도로 허가를 받고 장작을 사야 하지만, 운전도 하고 일정도 짜야 하고 기타 뒤치다꺼리도 해야 하는 마당에(그나마 밥은 마스터 셰프, 한 여사께서 책임져 주시니 얼마나 다행인지) 불까지 피울 순 없다.

"자, 여기 마시멜로 한 꼬치씩 끼워 줄 테니까 불 피운 이웃집에 가서 굽고 와. 영어로 불, 'Fire' 알지? 이렇게 말하면 돼. Can I use camp fire for a second?"

"몇 초 만에 어떻게 구워?"

"아, 몇 초만 쓴다는 게 아니라 그냥 그렇게 말하는 거야. 못하겠어? 그래. 그럼, 말할 필요도 없어. 그냥 웃으면서 마시멜로 꼬치를 흔들기만 하면 돼. 그럼 그 사람들이 먼저 와서 구우라고 말할 거야."

숫기 없는 아이들이 차마 발이 안 떨어지는지 우리 사이트에서만 한 20분은 맴맴 거린다. '이것들아, 그 시간에 불을 피웠겠다.'

한참 만에 돌아온 막내의 얼굴이 울상이다. 마시멜로는 날 것 그대로다.

"엄마, 마시멜로를 흔들었는데도 와서 쓰라고 안 해. 손을 흔들었더니 그냥 'Hi~!'래."

아~, 하필 이런 눈치 없는 사람들이 걸렸다. 영어 못하는 동양

▶ 우리식 꼬치구이가 모닥불에 옹기종기 쪼그리고 앉아 호호 불어 먹는 것이라면, 그들은 캠핑 의자에 멀찍이 앉아 구워 먹는다. 어른 주먹만 한 마시멜로를 창에 끼워 구워 먹는 것이 아메리카 대륙의 스케일이다.

꼬마애가 불 앞에서 생 마시멜로 꼬치를 들고 흔들면, 척하면 착이지. 이런 속내를 아이에게 드러낼 순 없다.

"괜찮아. 그럼 말을 한 마디만이라도 해 봐. 다 못하겠으면 Fire만이라도 해 봐."

있는 말 없는 말로 한참 막내를 격려하는데 첫째와 둘째가 함박웃음을 지으며 돌아왔다. 손에는 노릇하게 구워진 마시멜로를 들고.

"성공했어?"

"희언이가 했어."

둘째의 어깨가 의기양양하다. 젤 숫기 없는 첫째는 근처에도 못 가고 풀숲에서 맴맴 돌고, 그다음으로 막내가 꼬치를 흔들었다가 실패하니까, 보다 못한 둘째가 나선 모양이다. 불 동냥 성공으로 자신감이 붙은 것 같다.

"그냥 그거 뭐, 말하면 되지."

둘째의 목소리에서 자신감이 충만하다.

한 번이 어렵지 다음부터는 뭐가 어려우랴. 따끈따끈 노릇노릇 바삭바삭한 마시멜로 맛을 본 아이들은 자신 있게 다음 꼬치를 끼우고 2차 원정에 나선다. 그렇게 한 꼬치씩 불 동냥을 하러 다니더니 동냥 기술도 점점 늘어 가나 보다. 마시멜로만 들려 보냈는데 스모어s'more를 얻어먹고 온다. 어느 집에서는 아이들 꼬치가 너무 짧다며 본인들의 꼬치에 끼워서 구워 주기도 한다. 호의를 베풀어 주신 댁에는 한국에서 가져온 작은 기념품을 들려 보냈다. 친절한 캐나다 사람들은 아이들이라고 함부로 하지 않는다. 어디서 왔느냐? 어디를 여행하고 있느냐? 말도 잘 안 통하는 아이들과도 대화하려고 노력한다. 어느 집 대학생 언니는 한국말을 조금 안다며 아이들과 한국말을 하고 한두 문장을 배워 가기도 했다. K-pop의 힘이다.

▶ ▶ ▶ 일정은 하루에 하나만

재스퍼는 밴프와 함께 캐네디언로키의 주요 관광 거점이지만 북쪽에 위치해서 그런지 산군이 많은 느낌이다. 일단 신발부터가 우리 같은 운동화는 거의 없고 연륜이 묻어나는 등산화에 인종도 코카서스 백인들이 대부분이다.

한 국립공원에서 한 곳 이상의 트레일을 걷자는 계획에 따라 우리의 첫 번째 트레일은 멀린캐니언Maligne Canyon으로 정했다. 주차가 어렵다는 사전 정보가 있으니 RV의 장점을 최대한 살려 아침에 눈 뜨면 일단 출발해서 거기서 옷 갈아입고 짐 챙기고 아침밥을 먹고 시작하자. 역시나 애들은 아직 일어나지도 않은 상태다. 자는 애들을 그대로 싣고 움직일 수 있는 것은 RV의 가장 큰 장점이다.

멀린캐니언의 역동성은 무엇으로 표현할 수 있을까? 거침없

푸른 나무와 깊은 계곡 사이에서 청량한 음이온의 기운이 느껴진다.

이 쏟아져 나오는 폭포와 물의 힘이 만들어 낸 좁고 깊은 협곡들. 양옆으로 자라는 이끼와 나무, 차가운 빙하가 원천일 그 맑고 웅장한 물줄기에서 뿜어져 나오는 기운. 그 기운은 氣에 대해 전혀 무지한 나도 이런 게 공기 속의 비타민이라는 음이온이라는 거구나 하는 느낌을 받을 만큼 청량감이 가득하다. 정말 음이온 덕분이었을까? 3시간 넘게 진행된 트레킹에도 전혀 힘든 줄 모르겠다. 아이들도 지칠 법한데 음이온의 기운을 받았나 보다. 가만히 있지 못하고 날다람쥐처럼 요리조리 올라갔다 내려갔다 하면서 나보다 1.5배는 더 걸은 것 같다.

주차장 한쪽 잔디밭에 돗자리를 깔고 윤기 좌르르 흐르는 찰진 밥에 마른반찬과 김을 싸서 먹는 맛은 세상 어느 정찬도 부럽지 않다. 현지인들은 양지바른 벽에 기대서 딱딱한 빵에 차디찬 햄치즈 샌드위치로 점심을 때우고 있다. 어떻게 채소 한 장 안 넣은 차가운 빵을 먹고 살 수 있지? 식습관이 참 무서운 거구나. 준비도 간단하고 설거지 거리도 없으니 사냥꾼들의 후예다운, 캠핑 생활에 적합한 식문화를 갖췄다.

냉장고에서 꺼낸 시원한 체리로 후식까지 먹고 나니 마음 같아서는 낮잠이라도 한숨 자고 싶다. 재스퍼의 다른 볼거리를 놓치기가 아깝지만 이럴수록 포기를 잘해야 한다. 여기에 언제 다시 오려나 하는 마음에 이것도 하고 싶고 저것도 보고 싶다며 욕심 부려 이것저것 다 하려다가는 이도 저도 못하고 일정을 망쳐 버리기 십

상이다. 특히 아이들을 동반한 여행에 일정을 빡빡하게 짰다면 이미 시작부터 조짐이 좋지 않다고 봐야 한다. 시간에 쫓기면 아이들을 재촉하게 되고 그러면 마음같이 따라 주지 못하는 아이들을 보며 짜증을 내게 된다. 지금까지 키워봐서 알지만 언제 아이들이 내 마음처럼 움직여 주던가? 그런 불상사를 막기 위해서는 최대한 일정을 여유롭게 잡아야 한다. 일정은 하루에 하나만, 최대한 두 개를 넘기지 말자! 산속에 풀어만 놔도 나무 막대기 하나로 몇 시간이고 놀 수 있는 게 아이들이다. 그렇다면 캐네디언로키 최고의 경치라고 하는 멀린호수Maligne Lake와 스피릿아일랜드Spirit Island는 접을 수밖에 없다. 대신 돌아오는 길에 시내에 잠시 들러 한국에 있는 아빠와 할아버지께 엽서를 써서 보낸다.

"아빠, 여기 엄청 좋아. 다음에는 같이 오자."

역시 딸밖에 없다.

날이 급격히 어두워지더니 폭우가 쏟아졌다. 산중 날씨는 예측 불가라더니 앞이 보이지 않을 정도로 폭우가 심해서 차를 잠시 세우고 기다려 본다. 소나기가 지나간 후 바라본 눈앞의 피라미드산Mt. Pyramid은 정말 아름답다. 예정에 없었지만 홀린 듯 그곳으로 향한다. 그러자 우리 여정의 처음이자 마지막으로 곰과 순록을 만나는 행운을 누렸다. 캐나다 사람들은 가는 곳마다 곰에 관해 이야기하고 여정 중에 곰을 본 것을 큰 행운으로 여긴다.

피라미드호수Pyramid Lake로 가는 길이 도로포장 공사 중이었는데, '정지' 사인에 걸려서 잠시 대기 중이었다. 차창 밖으로 뭔가 부스럭거려서 봤더니 거대한 생명체가 바로 창문 옆에 와 있다. 순록이다. 창문을 내리고 그 커다란 눈동자와 마주쳤을 때의 떨림이란.

'아, 이래서 서양인들이 야생동물 관찰Wildlife Watching에 열광하는구나.'

이해될 법도 하다. 왕관 같은 당당한 뿔을 이고 윤기 흐르는 짙은 갈색 털이 난 몸을 내미는 모습이 진정한 부(富)티를 자랑하지만 어떠한 욕심 없는 맑은 눈앞에서 만물의 영장이라는 내 모습이 초라해 보이기까지 한다. 순록의 매력에 한참 빠져들어 있는데 '정지' 사인이 '천천히' 사인으로 바뀌어 우리의 짧은 만남은 얼떨결에 끝이 났다. 하지만 우리의 눈과 눈이 마주친 순간은 영원 같은 시간으로 남았다.

눈 밝은 한 여사께서 10미터 정도 떨어진 덤불 속으로 뛰어가는 어린 곰을 포착하셨다. 짙은 갈색 몸에 코는 커피색이다. 나중에 알았지만 어린 흑곰Blackbear은 코가 옅은 갈색이었다가 점점 진해진다고 한다. 소나기 때문에 잠시 몸을 피한 동물들이 비가 그치자 이동하는 모양이다. 비는 그쳤지만 날씨는 좀처럼 펴지지 않는다. 이럴 때는 RV가 얼마나 감사한지 모른다. 바깥은 바람도 불고 간간이 비도 오지만 RV 내부는 아늑하기만 하다. 원하면 히터도 켤 수 있다. 언제 지나갔는지도 모르게 재스퍼 일정이 끝나 버렸다.

'아, 캐네디언로키는 일주일로는 안 되는 거였어.'

아쉬운 마음을 감출 길이 없지만, 내일은 내일의 또 다른 경이를 기대해 본다.

▸ ▸ ▸ ▸ 빙하 위에서도 아이들은 신난다

아이들 전래 동화 중에 착한 영감님 부부가 젊어지는 샘물을 마시고 회춘하자 욕심쟁이 영감이 젊어지는 샘물을 너무 많이 마신 나머지 갓난아이가 되어 버렸다는 이야기가 있다. 오늘은 아이스필드 파크웨이 설상차Snowmobile 투어가 있다. 빙하수 한 병을 마시면 10년은 젊어진다 하니 두 병을 마시면 대학생으로 돌아가는 건가? 욕심쟁이라 해도 좋으니 어디 한 번 마셔 보자.

여유롭게 출발한다고 했는데, 아무리 가도 아이스필드 센터는 보이지 않는다. 약 1시간 빈이면 된다고 했는데 내비게이션이 없으니 얼마나 남았는지 알 수도 없고, 이 산을 넘으면 되려나 싶으면 다음 산이 나타나고 이 고개를 돌면 나오려나 하면 다음 고개가 기다린다. 세상에서 가장 아름다운 고속도로라고 하는 아이스필드 파크웨이도 시간에 쫓기니 경치가 제대로 눈에 들어오지 않는다.

설상차 출발 시간에 겨우 맞춰서 도착했다. 아이들 키보다 큰 바퀴가 달린 설상차를 타고 북미 대륙의 내륙 빙하를 걸어가 볼 수 있는 투어다. 빙하 체험할 때의 강추위에 관해 익히 들은 바라 내

▶ 처음에는 내복을 안 입겠다고 뻗대던 녀석들이 어느샌가 담요까지 둘둘 말고 있다.(위) / 젊어지는 샘물을 탐하고 계시는 한 여사(아래)

복까지 껴입고 단단히 준비했지만, 실제 가 보니 마치 냉동실에 들어가는 기분이다. 온난화 탓일까? 애서배스카 빙하Athabasca Glacier가 그리 크지 않다는 생각도 잠시, 막상 빙하의 끝자락에 발을 디디니 인간의 존재가 한없이 작게 느껴진다.

'여기서도 이 정도면 저 위에서는 5분 안에 꽁꽁 언 동태가 되겠네.'

자, 이제 빙하수 차례로구나. 젊어지는 샘물을 물병 여러 개에 가득가득 채워 본다. 어린 시절 아빠랑 산에 가서 수통에 물 받아 마시던 기억이 나지만 그때의 어린아이는 온데간데없고 애 셋 딸린 아줌마만 남았다. 이제 젊어지는 데에 욕심낼 나이가 되었구나. 나와 한 여사가 손가락이 떨어져라 젊음의 샘물을 탐하는 동안 애들은 그런 물 따위엔 관심도 없고 얼음덩어리를 들고 신이 났다. 물에서 버섯 맛이 난다며 한 모금 마시고는 다시 놀이에 열중이다. 슬프게도 나와 한 여사만 연신 젊음의 샘물을 들이켠다.

RV로 돌아와서 간단히 점심을 먹고 나니 얼었다 녹은 몸이 노곤하다. 하지만 가야 할 길이 남았기에 젊어지는 샘물의 힘을 빌어 운전대에 다시 앉는다. 아이들은 곧 어딘가에 한 자리씩 차지하고 조용해졌다.

'그래, 젊어지는 샘물 안 마셔도 되는 너희들이 부럽다.'

▶ 영국 빅토리아 여왕의 딸들 중 가장 아름답다고 하는 루이스 공주의 이름을 딴 레이크루이스. 동화 속 공주만큼이나 아름다운 호수다.

▸ ▸ ▸   엄마, 여기는 게임보다 더 재미있어

레이크루이스Lake Louise에 도착한 시각은 늦은 오후였는데 오히려 그게 잘된 일인지도 모르겠다. 주차난으로 악명이 높아 아예 차량 출입을 통제한다고도 하는데, 이정표를 따라 들어가 보니 어느샌가 레이크루이스 주차장에 들어와 있다. 좀 좁아 보이지만 남은 한자리에 후진 주차하려는데 주차요원이 다가와 검지를 좌우로 흔들면서 표정으로 말한다.

'안 될걸?'

양쪽 20센티미터씩 칼 주차를 하고 나도 표정으로 대답해 준다.

'흥, 저 서울에서 온 여자예요!'

아시아 아줌마의 주차 실력을 아랍계 주차요원도 엄지를 척 치켜들며 인정해 준다. 겨우 주차하긴 했으나 레이크루이스는 인산인해다. 이틀 산속에 있었다고 시골 쥐가 서울 구경 온 기분이다. 재스퍼에서는 보지 못한 다국적 관광객들이 멋진 옷을 입고 각을 세워 각종 포즈로 인증 샷을 찍는다. 이 깊은 산속 호수에서도 SNS의 영향은 이리 막강하다. 영국 여왕이 딸의 이름을 하사할 만큼 절경인 데다가 고풍스런 샤또 레이크 루이스 호텔이 어우러진 세계적인 관광지이지만, 내 마음은 어쩐지 재스퍼 산꾼들과 있을 때가 조금 더 편하다.

▶ 레이크루이스의 풍경은 비현실적이기까지 하지만 술래잡기하는 아이들은 이곳이
  현실 세계라는 것을 깨우쳐 준다.

호수 정면에서 약간 비껴가니 인파가 조금 줄어들었다. 풀밭
한쪽에 자리를 잡고 잠시 풍경을 감상해 본다. 젊어지는 샘물을 먹
지 않고도 충분히 자고 원기를 충전한 아이들은 다시 다람쥐처럼
뛰어다닌다. 해질녘의 부드러운 햇살과 파란 하늘, 만년설이 희끗
희끗한 봉우리와 에메랄드빛 호수를 배경으로 아이들이 까르륵거
리며 뛰어다니는 모습을 지켜보는 것만으로도 행복하다. 곧 누구
하나 울고 와서 현실로 소환될 테지만 일단 지금은 꿈결 같은 이

순간을 즐기자.

산에서 내려가는 길에 또 다른 횡재를 만났다. 모레인호Moraine Lake에 주차가 가능하니 올라가도 된다는 사인이 보인다. 주차장 공사로 인해 새벽에 올라가도 자리가 없으니 차라리 유료 셔틀버스를 타는 것이 속 편하다는 정보도 있어서 기대도 하지 않았는데 이 무슨 선물인가? 저녁 8시에 있는 캠핑장 프로그램에 참여하려고 내려가고 있던 참이었으나 교통 안내요원의 수신호에 홀린 듯 나도 모르게 모레인호 쪽으로 올라가고 있다. 열 개의 산봉우리Ten Peaks를 병풍처럼 두르고 있는 모레인호는 캐네디언로키의 얼굴마담이다. 캐나다 지폐에도 실린 풍경이니 캐나다 전체를 대표하는 풍경이라고 할 수 있다. 레이크루이스도 좋았지만 모레인호의 풍경은 가히 압도적이다.

호수 입구 쪽에 빙퇴석이 쌓인 작은 언덕이 있는데 그곳이 모레인호를 조망하기에 가장 좋다고 하여 많은 사람이 그쪽으로 향하고 있다. 그런데 자세히 보니 길이 아니다. 언덕으로 가기 위해서 작은 여울을 건너야 하는데 위에서부터 떠내려온 목재가 징검다리처럼 쌓여 있다. 벌써 첫째, 둘째는 깡충거리며 뛰어가고 막내는 주춤주춤하고 있다. 많은 사람이 통나무 위를 건너고 있어서 아무 의심 없이 한 발을 내디딘다. 아뿔싸, 이 나무는 고정된 다리가 아니고 물 위에 떠 있는 통나무다. 편하게 한 발 내디뎠는데 갑자기 긴장 모드로 전환하게 된다. 더 나가지도 돌아가지도 못하고 있는데 주변에서 소리가 들리기 시작한다.

"풍덩", "풍덩"

다행히 아주 깊지는 않지만 무릎 위까지는 충분히 빠지는 깊이이다.

"애들아, 조심히 건너."

말이 떨어지기 무섭게 균형을 잃고 한 발이 빠졌다. 헉! 차갑다. 더 들어갈 생각을 못하고 돌아 나오는 길에 나머지 한 발도 빠져 버렸다. 맨날 이래라저래라 하는 엄마가 먼저 물에 빠지니 아이들은 깔깔거리며 좋아한다. 이 녀석들! 그런데 나는 두 발자국 움직이기도 어렵던데 쟤들은 어떻게 저기까지 간 거지?

'아! 역시 다람쥐들은 가볍구나.'

그러고 보니 빠지는 사람은 다들 거구의 서양인이다. 그럼 나도? 내 몸무게를 통나무는 알고 있었던 것이다. 차가운 호수에 무릎까지 담그고 걸을 때마다 운동화 속 엄지발가락 사이로 물이 삐직삐직 올라오지만 빙하호의 차고 깨끗한 기운에 발가락도 정화되는 느낌이다.

말이 많은 애가 아닌데 오늘은 첫째가 제일 흥분했다.

"엄마, 엄마! 오늘은 여기가 제일 재미있었어. 천연 어드벤처 코스야. 통나무에서 아슬아슬 빠질 것 같으니까 심장이 더 쫄깃쫄깃한 거 같아. 이건 실제라서 슈퍼마리오 게임보다 훨씬 더 재밌어."

요즘 아이들이 쉽게 게임중독에 빠지는 것도 어쩌면 진짜 재미

▶ 물 위에는 고정된 나무가 있고 떠 있는 나무가 있다. 저 위에서는 뭐가 뭔지 분간
할 수가 없다. 한 발짝씩 내딛는 마음이 그야말로 살얼음판 걷는 기분이다.

있는 경험을 하지 못해서일 수도 있다. 어른도 하기 싫은 공부를 어린 것들이 해 대느라 실존하는 흥분과 재미, 성취를 느껴 보지도 못하고 가상의 세계에서 그와 유사한 것에 빠져 버리는 것은 아닌지. 진짜를 먼저 경험한다면 가짜를 가려내는 선구안도 갖게 될 것이다.

나중에 알았지만 통나무 다리를 건너지 않고 뒤로 돌아가는 고상한 길이 있다고 한다. 하지만 다시 가더라도 통나무 다리를 건너리라. 그게 진짜 어드벤처니까. 그렇지, 첫째야?

▸ ▸ ▸ 젠가로 깨치는 자연보호

한국에서는 미처 생각하지 못했는데 여름에 고위도 지방을 여행하면서 가장 좋은 점은 해가 늦게 진다는 것이다. 오늘도 저녁 8시에 캠핑장 프로그램이 있지만 아직도 해는 중천에 걸려 있다. 레이크루이스캠핑장 체크인을 하고 우리 사이트에 차(이면서 집)와 한 여사를 남겨 두고 자전거를 타고 원형극장으로 향한다. 오늘 저녁 프로그램은 '야생동물 젠가 게임Wild Life Jenga'이다.

체크인하는 안내데스크의 설명대로라면 이곳 캠핑장에는 엄마 곰과 새끼 곰 두 마리가 산다고 한다. 레이크루이스캠핑장은 RV 캠핑 구역과 텐트 캠핑 구역으로 나뉘어 있는데 원형극장이 있는 텐트 구역으로 가기 위해서는 보우강Bow River을 지나는 다리를 건너야 한다. 다리부터는 곰으로부터 텐트 구역을 보호하기 위해서 전기 펜스를 둘러 놨다. 버튼을 누르고 감전 방지 손잡이를 열어 안전문을 통과하니 '쥐라기 공원'에라도 온 듯 진짜 베어 컨트리에 온 것이 실감 난다. 만화에서는 보통 전기에 감전되면 머리가 쭈뼛 서고 흰 뼈가 엑스레이 사진처럼 보여 삼 남매는 재미있다고 낄낄 대며 보는 장면이지만 현실에서는 하나도 즐겁지 않은 모양이다. 이 실제 상황 앞에서 조금 전 어드벤처 코스를 성공적으로 마치고 온 첫째의 흥분도 조금 가라앉았다.

"자, 여긴 함부로 까불고 나대다간 바로 감전되는 데야."

엄마는 또 약간의 과장을 더해 아이들에 대한 통제권을 확보한다.

"누가 먼저 갈 거야?"

아무도 대답이 없다.

"문은 엄마가 열어 줄게."

긴장감을 고조시키기 위해 서서히 손을 뻗는다. 아이들의 '꼴깍' 침 넘어가는 소리까지 들릴 것 같다.

"지지지지~~직, 으악!"

엄마의 몸개그에도 아이들은 웃지를 않는다. 왜? 재미없니? 나는 재밌구먼.

"엄마, 빨리 넘어와. 빨리빨리!"

안전문을 먼저 통과한 둘째가 혹시나 엄마가 감전될까 봐 애

간장이 녹는다.

이럴 때 엄마의 발연기를 한 번 더 발휘해 줘야 재밌다.

"지지지지~~직, 으악!"

"엄마, 장난이잖아."

손발까지 떨어가며 리얼한 연기를 보여줬지만 이제는 오히려 웃어넘긴다. 안전구역으로 넘어오고 농담을 즐길 마음의 여유를 찾은 모양이다.

길을 찾다 보니 한 10분 정도 늦었는데 원형극장에서는 이미 공연자들이 여러 동물 의상까지 갖춰 입고 자기가 무슨 동물인지 한창 설명 중이다. 너무 구체적으로 설명을 잘해서 국립공원 직원들인가 싶었는데 알고 보니 관객 중에서 자원한 사람들이었다. 준비한 것도 아닐 텐데 이렇게 해박하게 설명할 수 있는 것은 기본적으로 동물(특히 자국에 서식하는)에 관한 상식이 풍부한 것이다. 동물들의 자기소개가 끝난 후 그 동물들로 팀을 나누어 게임을 진행한다. 우리는 흰줄박이오리Harlequin Duck 팀이다. 해당 동물에게 필요한 서식지를 적어 거대한 젠가 블록에 붙이고(예컨대 우리 팀의 경우 'Fresh water(깨끗한 물)', 'Safe Migration Route(안전한 이동 경로)' 등) 한 팀씩 나와서 서식지가 붙은 블록을 빼는 게임이다.

우리는 보드게임이라 하면 아이들이나 하는 놀이로 알고 있지만 여기서는 모두가 진지하게 참여한다. 어른도 아이도 머리를 맞대고 거대한 블록을 빼기 위해서 아빠와 아들이, 할머니와 손녀

▶ 서식지 블록이 하나씩 빠지고 위태위태한 생태계는 결국 무너지고 말았다.(위) 참가자들이 해당 국립공원에서 서식하는 주요 동물의 의상을 입고 그 동물의 특징을 설명하고 있다. 산양의 발은 발굽에 고무 같은 것이 달려있어 거친 돌산도 잘 올라갈 수 있다고 한다.(아래)

가 협력하는 모습은 인상적이다. 서식지 블록이 하나씩 없어질 때마다 생태계Eco-System는 아슬아슬 버틴다. 재미도 있고 한편 위태위태한 생태계를 가슴 졸이며 지켜보노라면 지금 우리가 처한 환경에 대해 생각해 보지 않을 수 없다. 게임을 진행하면서 진행자가 가장 많이 언급한 단어는 'Eco-System'이다. 이 게임을 한 번만 해도 생태계의 중요성을 깨달을 것 같다. 숲속에서 부모와 함께 이런 경험을 하는 캐나다 어린이들이 커서도 자연을 아끼고 소중하게 생각하는 것은 당연하지 않을까?

▶ ▸ ▸ 오감이 즐거운 하이킹

겨우 한 자리 남아 있는 레이크루이스캠핑장을 그것도 1박 예약하고 '오, 다행이다' 싶었는데 레이크루이스 1박은 너무너무 아쉽다. 캠핑의 나라답게 오버플로Overflow캠핑장도 있어서 뒤에 밴프 일정이고 뭐고 그냥 여기서 며칠 더 눌러 있고 싶다. 캐나다에는 여름 성수기에 RV(혹은 트레일러)라면 이용할 수 있는 오버플로캠핑장이 있다. 오버플로캠핑장은 미처 예약을 못한 캠핑족을 위해 편의시설은 없지만 별도의 공간을 내어 주는 곳이다. 한국에서 예약할 당시엔 그런 게 있는지조차 몰랐던 제도다. 캐나다의 경우 재스퍼, 레이크루이스, 밴프까지 오버플로캠핑장이 있었지만 미국에서는 그

치열하다는 옐로스톤에서도 오버플로캠핑장이 없다고 못을 박아 두었다. 그만큼 레이크루이스 지역은 매력적인 곳이다.

아쉬운 마음도 달랠 겸 밴프까지는 이동 거리도 짧으니 오늘 아침은 아이들과 자전거 하이킹을 다녀와 천천히 출발하기로 한다. 캠핑장을 한 바퀴 돌아 보우강 주위의 트레일을 따라 레이크루이스의 시내까지 다녀오는 정도면 될 것 같다. 결론적으로 말하면 이날의 코스는 이번 여행 최고의 활동이었다.

"엄마, 저기 고슴도치야!"

호젓한 아침, 캠핑장 곳곳에는 첫째가 고슴도치라고 착각할 만큼 크고 털이 풍성한 콜롬비아 땅 다람쥐Columbia Ground Squirrel가 아침식사를 위해 부산히 움직이고 있다. 온갖 새소리, 물소리, 밤사이 내린 소나기에 진한 숲 향기까지 오감이 즐거운 하이킹이다. 걷는 것도 참 좋겠지만 맑은 공기를 가르며 바람을 느끼는 것은 자전거만의 매력이다.

'그래, 자전거 가져오길 잘했다.'

서울에서부터 시작된 자전거 공수의 고생 따위는 싹 날아간다. 레이크루이스의 시내까지는 약 15분 정도로 그리 멀지 않은 거리다. 하지만 애들과 움직일 땐 지도상의 거리가 무슨 의미가 있겠는가? 강에 돌을 던지다 막대기로 땅도 파 보고 솔방울로 폭탄 던지기를 했다가……, 그래도 오늘은 애들을 재촉하고 싶지 않다. 아이들이 어디서 이런 경험을 살까 싶기도 하고 또 한편으로는 아이

▶ 페달만 열심히 밟아 목적지에 도달하는 하이킹이 아니라, 눈으로 보고 귀로 듣고 코로 냄새 맡고 손으로 만져 보는 오감이 여유로운 여행길이다.

들이 자기들만의 놀이에 빠져 있어야 나를 방해하지 않으니 일석이조다. 돈으로 살 수 없는 이 공기를 한 번이라도 더 깊게 들이마시고 꿈인가 싶은 이 절경을 조금 더 눈에 담아 본다.

레이크루이스 시내에 간 목적이 있었다. 바로 캐나다 국립공원에서 주는 익스플로러 인증을 받기 위해서다. 미국에 주니어 레인저가 있다면 캐나다에는 익스플로러가 있다. 재스퍼 휘슬러캠핑장에서 주니어 액티비티 프로그램을 문의했더니 바로 익스플로러 워크북을 내주었다. 미국 주니어 레인저의 상징이 레인저 배지라면, 캐나다의 익스플로러는 군번줄같이 생긴 목걸이다. 전반적인 프로그램의 양과 질은 미국의 압승이지만 캐나다도 지역마다 메달 색깔을 달리해서 아이들이 모으게 하는 동기 부여를 하고 있다. 익스플로러 워크북 내용도 쉽고 재미있어서 영어에 큰 스트레스 안 받고도 풀 수 있다. 레이크루이스 안내센터에 익스플로러 인증만 받으러 왔는데 와 보니 작은 박물관을 겸하고 있어 재스퍼나 밴프의 안내센터보다 볼거리가 많다. 그 지역에 서식하는 늑대나 곰 박제 전시물은 아이들의 눈을 사로잡기에 충분하다.

▸ ▸ ▸ **아니, 똥이잖아!**

오늘은 이동 거리가 짧다고 생각하니 마음의 여유가 생겼을까? 처

tip

☑️ 주니어 레인저와 다른 익스플로러는 어떤 것일까?

캐나다 국립공원도 미국과 마찬가지로 어린이 프로그램을 운영한다. 지역별 관광안내소 혹은 캠핑장 체크인하는 곳에 요청하면 어린이용 익스플로러 워크북을 내어준다. (단, 영어와 불어를 공용어로 쓰는 캐나다답게 프랑스어 버전도 있으니 유의하자.) 각 국립공원별로 내용이 다르지만 그림으로 이해되는 부분이 많아서 영어를 몰라도 활동하는 데는 크게 지장 없다.

예컨대 재스퍼 익스플로러 워크북 같은 경우 재스퍼 관광안내소 건물에서 역사적으로 의미 있는 부분의 사진과 실물을 연결하는 놀이가 있다. 아이들은 워크북을 들고 다니면서 보물찾기처럼 사진에 나온 장소를 찾으러 돌아다닌다. 6살 이하 어린아이들을 위한 파카Parka라고 하는 유아용 워크북도 있다. 색칠하기, 미로 찾기 같은 활동을 끝내면 파카(수달을 모티브로 한 마스코트) 고리를 선물로 준다. 익스플로러가 지역별로 다른 워크북, 다른 색깔의 목걸이를 준다면 파카는 모두 동일하다. 아이들 프로그램에서 보상은 빠질 수 없는 법. 많은 어린이들이 여러 가지 색깔의 익스플로러 목걸이를 자랑스럽게 걸고 다닌다.

음으로 덤프 스테이션Dump Station, 오물처리장에 들렀다. RV 왼쪽 후미 아래에는 캡으로 막혀 있는 지름 7~8센티미터 정도의 파이프 연결관이 있다. 그 파이프에 긴 호스를 연결하고 핸들을 잡아당기면 오수가 나온다. 쉽게 생각하면 분뇨 수거차가 정화조에서 오물 퍼가는 것을 역으로 한다고 생각하면 된다. 처음 RV 설명을 들을 때 가장 귀를 쫑긋 세워 들었던 게 바로 이 똥 빼는 작업이었다. 더러운 데다 신기하기까지 하니 흥미를 유발한다. 애들이 똥 얘기를 괜히 좋아하는 게 아닌가 보다.

"뒤에 보관된 호스를 연결한 뒤 블랙을 먼저 비우고 그레이를 비우세요."

매너리즘에 빠진 직원은 건성으로 설명하지만 이 아줌마는 궁금한 것투성이다.

"왜 블랙을 먼저 비워야 하는데요?"

('아줌마, 생각 좀 해 보시라'는 표정으로) "똥물 먼저 빼고 하수를 버려야 똥물이 조금이라도 씻기죠."

"아, 그럼 물이 다 빠졌는지는 어떻게 알아요?"

"저절로 알게 돼요. 소리가 나거든요."

자, 오늘은 말로만 듣던 그 더럽고 신기한 것을 체험해 볼 시간이다. 교육받을 때의 기억을 더듬어 하수관을 연결한다. 블랙 핸들을 잡아당겨 똥물을 뺀다.

"꿀럭꿀럭 쿠루룩"

역시나 블랙 탱크는 덩어리들이 내려가는 느낌에 무게감이 있다. 소리까지 더러운 느낌이다. 다 녹지 않은 건더기가 내려갈 때는 굵은 자바라 호스가 출렁거린다. 이번엔 그레이 핸들을 잡아당겨 하수를 버린다.

"쏴아아아"

설거지물, 샤워 물이라 그런지 그레이 탱크 비우는 소리는 좀 가볍다.

그런데 사실 그동안 이 똥 파이프는 내 신경을 계속 거슬려 왔다. 캠룹스에서 재스퍼로 가는 길에 도로 공사가 있어서 잠시 정차 중이었는데 뒤차 운전자 아저씨가 운전석 창문을 두드린다.

"당신 집 캡이 열려 있으니 확인해 보세요."

캡? 무슨 캡? 내가 잘못 알아들었나? 이럴 땐 일단 가서 확인해 봐야지.

진짜로 똥 파이프 막는 캡이 열려서 달랑달랑 매달려 있다. 친절한 캐나다 아저씨! 그런데 문제는 똥 파이프에서 정체를 알고 싶지 않은 갈색 물이 한 방울씩 떨어지고 있다.

'그러고 보니 아침에 캠룹스 월마트를 출발할 때도 바닥에 뭔가 흘린 흔적이 있었던 것 같기도 하고……'

캠핑장 바닥은 잔디나 흙으로 되어 있고 밤마다 소나기가 와서 정확히 확인할 길은 없지만 우리 차가 뭔가를 지리고 다니는 것 같은 강한 의심을 떨칠 수가 없다.

'오늘 덤프를 하고 나면 확실히 알겠지.'

성의 없던 RV 렌트 직원의 말대로 소리만으로도 탱크가 비었는지 느낌이 온다. 그래도 확실히 해 두기 위해서 실내에 있는 계기판을 확인해야지. 어라? 블랙 탱크가 다 비었는데 아직도 2/3에 불이 들어오네. 똥이 덜 빠진 건가? 내가 계기판을 잘못 읽는 건가? 다시 자바라를 연결하고 블랙 핸들을 당겨 보지만 소리상으로도 별로 나오는 게 없다.

'아, 이 똥통이 신경 쓰이게 하네.'

출발 전 뭔가 확실히 해야겠기에 뒤에 기다리던 거대한 RV의 주인아저씨에게 물어봐야겠다.

"안녕하세요, 제가 RV 렌트는 처음이라서 그러는데요. 탱크는 다 비운 것 같은데 계기판은 2/3가 있다고 표시되네요. 혹시 왜 그런지 아시나요?"

상남자 스타일의 캐나다 자연인 아저씨. 말보다 행동으로 보여준다. 똥 빼는 곳치고는 상당히 관리가 잘 되어 있고 악취도 전혀 나지 않지만, 엄연히 정화조 연결 통로인데 바닥에 엎드려 우리 차 밑바닥까지 들어가서 파이프를 확인한다.

'어쩐지 복장도 그렇고 몰고 있는 RV 크기가 예사롭지 않더니 사람 제대로 골랐구나.'

"가끔 센서에 녹지 않은 휴지들이 걸려서 오작동하는 경우도 있으니 그런 경우인 것 같네요. 문제는 없어 보입니다."

▶ RV 내부의 복잡한 계기판. 섬세해 보이
지만 때로는 계기판보다 사람의 느낌이
정확할 때도 있다.

전문가께서 말씀하시는데 수긍하지 않을 수 없다. (최종 반납 때 확인했더니 역시나 센서 문제더라) 덤프를 하다 보니 블랙은 탱크가 아니라 핸들이 문제인 것 같다. 그레이 핸들과 달리 뽑을 때도 넣을 때도 뭔가 뻑뻑하다. 꽉 닫히지 않는 느낌이다.

'그래서 얘가 지리고 다니나 보다.'

있는 힘껏 블랙 핸들을 집어넣었지만 어떻게 꽉 막은 날은 괜찮고 또 어떤 날은 조금씩 지리고 종잡을 수가 없다. 결국 이 부분은 후일 나의 컴플레인 목록에 들어가게 된다.

덤프를 하는 날이면 우리 집 큰 아들인 첫째가 큰 도움이 된다. 하수구 구멍에 RV 파이프를 맞춰야 하기에 첫째가 내려서 주차 위치를 봐 준다.

"엄마, 조금만 더 앞으로! 앞으로! 어, 어, 됐어."

엄마가 자바라를 연결하고 똥을 빼고 있으면 첫째는 할머니께 수통을 받아다 식수를 채워 나른다. 첫째가 하루도 거르지 않고 물을 길어다 줘서 신선한 물을 마실 수 있다. 첫째는 자신을 물 담당이라며 RV가 주차할 때마다 할머니에게 물부터 길어다 드렸다. 첫째의 수고에 대해 칭찬하고 고마워했더니 나중에는 놀이 중에 물을 부탁해도 싫은 내색 없이 즉각 움직인다. 아이들은 칭찬을 먹고 자라는 것이 확실하다. 지금도 첫째는 자랑스레 얘기한다.

"RV에서는 내가 물 담당이었지?"

어리지만 아이들도 여행의 주체로서 한 가지 역할을 맡기면 책임감이 생긴다. 이렇게 얻은 성실함과 꾸준함은 첫째의 큰 자산이다.

▸ ▸ ▸ **앗, 물건을 놓고 왔다**

어차피 RV는 속도를 낼 수 없고 혹시나 야생동물과 만나는 행운이 생길까 싶어, 레이크루이스에서 밴프로 갈 때는 1번 고속도로 대신 그와 나란히 달리는 보우 밸리 파크웨이Bow Valley Parkway로 달려 본다. 하지만 우리의 야생동물 운은 재스퍼에서 다했는지 눈을 씻고 찾았건만 흔한 사슴 한 마리 없다. 대신 그 길에는 '밴프 베스트 5' 안에 드는 명소, 존스턴캐니언Johnston Canyon이 기다리고 있다. 원래는 내일쯤 내려올까 생각했지만 시간적 여유도 있고 지나가는 길이니 운전대가 저절로 주차장으로 향하고 있다. 10달러짜리 유료 주차라고 되어 있어서 주차 허가증을 사 와서 대시보드에 올려 두었는데, 나중에 알고 보니 무료 주차하는 곳도 있었다.

'무료 주차장은 많이 걸어야 했을 거야. 주차할 자리 잡기가 쉽지 않았을 거야. 게다가 우리 같은 RV는 더욱 공간이 없었을 거야. 신 포도였을 거야.'

존스턴캐니언에서 느낀 밴프의 첫인상은 웅장한 계곡이라기보다는 '아, 중국 사람 많다'이다. '중국-캐나다 관광의 해'라며 밴프 곳곳에 판다기 그려진 붉은 깃발이 나부낀다. 요즘 미-중 간에 분위기가 험악하더니 캐나다가 그 사이에서 반사이익을 얻나? (나중에 옐로스톤에 가 보니 밴프의 중국 사람은 많은 것도 아니었다. 차이나 파워를 실감한다.) 존스턴캐니언은 흡사 설악산 천불동계곡 같은 느낌이다. 재스퍼의 멀린캐니언과 비슷하지만 굳이 점수를 준다면 위에서 내려다보며 걷는 멀린캐니언에 더 점수를 주고 싶다. 물론 밴프 쪽에 사람이 많아서 점수를 깎은 점도 있다.

RV 주차 때문에 밴프 지도를 하도 봐서 그런지 밴프 시내는 마치 언제 와 본 것처럼 익숙하다. 그래도 며칠 안 됐지만 산속에만 있어서인지 여기만 나와도 뭔가 문명 세계에 온 기분이다. 캐네디언로키 최고의 관광지답게 아기자기한 상점과 노천카페, 알프스를 연상시키는 목조로 된 호텔 등이 이국적인 느낌을 더한다. 시내를 지나 예약해 둔 터널마운틴Tunnel Mountain Ⅱ 캠핑장으로 향한다. 안내데스크에서 캠핑장 안내문을 나눠주는데 불어로 된 자료다. 캐나다 국경에서부터 'Welcome'과 'Benvenue'가 병기되어 있더니만 모든 공식 문서가 영어와 함께 불어가 병기된다. 안내 책자도 영어판, 불어판이 있는데 불어판을 주다니 영어판을 줘도 못 읽을 것으로 보였나? 하지만 불어 까막눈도 숫자와 아이콘만으로 무슨 뜻인지 대충 알아먹을 만큼 잘 만든 자료. 여기는 캠핑장 루프가 A~J 루프까지 사이트 수만 300개가 넘는 초대형 캠핑장이다. 우리가 예약한 J-11번을 찾아가는데도 한참을 올라가야 한다. 이름에서도 알 수 있듯이 터널마운틴 Ⅰ 과 Ⅱ 캠핑장이 있고 오버플로캠핑장까지 운영하니 그 산 주위가 통째로 캠핑장이다. 캐나다는 땅도 넓고 산도 큰 대★국이다.

사이트에 자리를 펴자마자(사실 자리를 편다고 할 것도 없다. 그냥 주차하고 공간을 넓혀 줄 슬라이드아웃만 꺼내면 그만이다) 우리를 환영해 주는 사람이 있다. 바로 앞집 캠퍼의 딸인데 캠핑장에서 또래를 보자 너무 반가웠나 보다. 애들은 땅에 발이 닿은 지 10초도 안 돼서 친해진다. 내 귀에는 우리 집 애들의 영어 소리는 한마디도 들리지 않지만 놀이가 진행되는 것으로 보아 뭔가 의사소통이 되고

▶ 킥보드의 마지막 모습. 둘째 것이지만 내가 서울에서부터 풀고 조이고 기름칠하면서 정든 나의 일부였다.

있기는 한 모양이다. 자전거도 꺼내고 킥보드도 꺼내 놓는데…….
앗! 둘째의 킥보드가 없다! 어디서 없어졌지? 기억을 더듬어 보니,
아침에 레이크루이스캠핑장에서 보우강 하이킹을 마치고 돌아올
때 오빠의 자전거를 탐내던 둘째가 킥보드를 바꿔 탔다. 첫째가 킥
보드는 힘들다고 하도 툴툴거리기에 "그럼, 그거 거기 놓고 와. 가
는 길에 싣고 가자" 했는데, 출발할 때는 까마득히 잊고 나왔다. 어
떻게 가져온 건데, 여행 시작하자마자 큰 손실이다.

'어떡하지?'

일단 같은 밴프국립공원이니까. 실낱같은 희망을 품고 안내데
스크로 찾아가 사정을 해 본다. 마침 레이크루이스캠핑장 지도도
가지고 있어서 킥보드를 놓고 온 지점도 정확히 알려줄 수 있다.

"우리가 오늘 아침 레이크루이스에서 내려왔는데, 뭐를 놓고
온 것 같은데, 주절주절……."

안내데스크 직원은 전화번호를 하나 주더니 전화해 보란다.

"아, 미안하지만 내 휴대폰은 캐나다에서는 쓸 수 없는 폰이
라……."

다행히 직원이 싫은 내색 없이 레이크루이스로 연락을 해 준
다. 둘째의 킥보드 소중이를 잃어버려 경황이 없는데, 내가 직접 전
화하지 않아도 되니 얼마나 다행인지. 전화로 영어 하는 것은 그
자체로 뇌에 쥐가 나는 것 같다.

오! 내가 설명한 위치에서 M사의 은색 킥보드를 발견하여 분

tip

✅ **분실물이 생겼을 때**

국립공원의 안내데스크 직원에게 먼저 문의한다. 하지만 한국처럼 곳곳에 CCTV가 있는 것도 아니고 잃어버린 위치를 특정할 수 없다면 되찾기는 쉽지 않다. 여행자보험으로 청구할 수도 있겠으나 경찰서에 가서 분실물 보고서를 받아 둬야 하고 고의가 아님을 경찰에게 소명해야 하니, 아주 고가의 물품이 아니라면 그냥 잊는 것도 여행 전반을 위해 좋을 수도 있겠다. 우리는 몇 년 후 레이크루이스 분실물 보관소에서 다시 만날 수 있으려나?

실물 취급소에 보관하고 있단다. 야호를 외치려는 순간! 와서 찾아 가란다. 혹시 거기 누가 내려오는 사람이 있거나 이리로 내려오는 캠퍼 편에 전달받을 순…… 대답은 당연히 "No!"다.

이제 소재를 파악했으니 어떻게 할 것인가? 차가 곧 집이니 엄마와 아이들을 두고 혼자 후딱 다녀올 수도 없을 뿐 아니라 왕복 3시간 거리인 레이크루이스를 다녀오면 내일 하루를 다 잡아먹을 텐데. 여름 성수기에는 밴프-레이크루이스 간 셔틀버스도 있던데 그걸 이용해 볼까?

온갖 생각이 머릿속을 윙윙대지만 한 여사께서 깔끔하게 정리해 주신다.

"잊어!"

레이크루이스는 내 마음만 빼앗아간 게 아니었다. 내 영혼의 일부를 놓고 간다.

엄마는 놓고 온 킥보드로 만리장성을 쌓았다 허물었다 하는지도 모르고, 애들은 마냥 신나게 논다. 지켜 주지 못해 미안해. 마치 우리 팀원 중 하나가 낙오된 듯 나에게는 너무도 충격적인 사건인데, 정작 본인들은 노는 데 정신이 팔려 킥보드의 분실 소식에도 덤덤하다. 가르침 좋아하는 엄마의 꼰대 본성상 이 뼈아픈 경험을 교훈으로 남겨야겠다. 앞으로는 중간에 힘들어도 자기가 맡은 것은 끝까지 책임지기로 한다. 철석같이 약속하지만 그 약속이 얼마 못 갈 것을 엄마는 잘 안다.

우리도 글로벌한 가족

오늘 저녁 원형극장에서는 곰을 주제로 한 흥미로운 프로그램이 있다.

"애들아, 가자!"

대답도 없다. 오랜만에 만난 또래와 헤어지기 싫어서 아무도 안 간단다. 엄마 생활 9년 차, 이럴 땐 애들을 통솔하는 노하우가 있다. 꼭지를 잡아야 한다. 오늘의 꼭지, 앞집 라디마를 섭외하면 우리 집 애들은 땅속에서 감자 캐듯 저절로 딸려 온다. 그 집 부모님께 승낙을 구하고 자전거를 달려 원형극장으로 향한다. 국립공원 직원들이 곰의 생활을 연극으로 보여준다. 긴 잠에서 깨어 먹이를 찾아 헤매는 장면(곰은 깨어 있는 동안 계속 먹이야 그 덩치를 유지할 수 있단다)부터 새끼를 낳아 기르고 다시 겨울잠에 들기까지 곰의 한살이를 그린 연극이다. 그 가운데서도 깨알 같은 재미를 위해 수컷 곰이 암컷 곰을 유혹한다거나, 임신해서 산부인과에 가는 등 나름 시나리오에 신경을 쓴 모양새다. 전문 배우는 아니었기에 조금은 서툴렀지만 그래서 더 담백한 재미가 있었고, 관객들을 포함해 그곳에 모인 모든 사람이 곰을 열렬히 사랑하게 만드는 연극이었다. 캐나다 사람들의 곰 사랑은 지극하다. 어디서나 곰과 관련된 상품, 이야기, 상징 등을 볼 수 있다.

우리 사이트로 돌아와서 라디마 엄마와 잠시 이야기를 나눴다. 본인들은 네팔 출신인데 아랍에미리트에서 십여 년 살다가 몇 년 전 캐나다 에드먼턴에 정착한 이민자라고 한다. 고등학교 교사 부부라서 긴 여름 방학을 이용해 이렇게 캠핑 여행을 다닌단다. 라디마가 외동인 줄 알았는데 위에 터울이 많이 나는 오빠가 있다고 한다. 올해 17살인 오빠는 당연히 안 따라온단다. 역시나 청소년들이 부모를 멀리하는 것은 우리나라나 외국이나 다를 바가 없다.

캐나다는 평소 해가 짧아서 아이들이 학교 갔다 집에 오면 저녁 먹고 좀 놀다가 6, 7시면 잠든다고 한다. 그러다 여름이 되면 그간 쌓아둔 에너지를 폭발시키듯이 10시, 11시까지 운동을 즐기고 캠핑을 하고 미친 듯이 야외 활동에 몸을 내맡긴다는 것이다. 그래서 여름에는 부모들도 아이들의 취침 시간에 대해 거의 터치하지 않는다고 한다. 실제로 밤 10시, 11시(물론 해는 중천이다)에도 자전거 타고 조깅하는 사람들이 많이 보였다. 또 온 국민이 캠핑한다는 말처럼(오죽하면 오버플로캠핑장까지 있을까?) 인구가 과밀한 나라가 아님에도 불구하고 모든 캠핑장마다 만원이다.

그런데 나도 아이들을 키우지만 계절에 따라 애들 취침 시간이 변한다는 것은 이해하기 어려웠다. 그것도 한두 시간 차이도 아니라 반나절에 해당하는 시간만큼이나 변동할 수 있을까? 라디마네가 이민 왔을 때 오빠는 12살이었고 라디마는 3살이었는데, 라디마 오빠는 계절에 따른 수면 패턴에 변화가 없단다. 하지만 라디마는 캐나다에서 태어난 아이들처럼 겨울에는 일찍 자고 여름에는 늦게 자는 패턴으로 생활한다고 한다. 정확히 몇 살이라고 단정할 수는 없으나 본인의 경험에 따르면 수면 패턴을 정하는 결정적 시기가 있는 것 같다나? 언어 습득에 결정적인 시기가 있다는 것은 들었으나 수면 패턴도 그러한가? 뭔가 흥미로운 연구가 될 것 같은 주제다.

아이들 덕에 안면을 튼 글로벌한 가족과 한참 수다를 떨다 보니 우리도 참 글로벌한 가족인 것 같은 생각이 든다. 한국에 살면서 여름에 석 달간 북미를 여행한다니 내가 들어도 좀 있어 보이긴 한다. 여행 경비를 짜내기 위해 타들어 가는 속을 누가 알아주랴만. 그런 거 구구절절 얘기해서 무엇 하랴. 그래, 우리 뭣 좀 있어 보이는 글로벌 럭셔리 가족이라 치자. 흥미로운 수다에 한참이나 시간이 흘러 집에 들어와서 한 여사께 캐나다 아이들의 생활 패턴과 라디미의 가족 이야기를 들려드렸더니 돌아오는 대답이 이렇다.

"이 사람들 생활 패턴이 아까 그 연극에서 본 곰이랑 똑같네."

아하! 캐나다 사람들의 지극한 곰 사랑이 조금 더 이해된다. 여름 동안 왕성히 활동하고 겨울에는 겨울잠을 자는 캐나다 아이들은 곰 같은 패턴으로 살아가고 있다. 반면 우리나라 아이들은 잠이 부족하다. 아이가 언제 가장 예쁘냐고? 당연히 잘 때다. 캐나다 아이처럼 아이가 6, 7시에만 자 줘도 애 키우는 거 그렇게 힘들지 않을 것 같다. 그래서 캐나다에 다자녀가 많은 걸까? 아이가 일찍 자야 육아가 행복하다. 엄마가 행복해야 아이의 마음도 보듬어 줄 수 있고 마음도 몸도 건강해지는 것이다. 그럼 어떻게 일찍 잘 수 있을까? 저녁을 일찍 간소하게 먹고 게임이나 TV 같은 강한 시각적 자극은 피해 가족들끼리 모여 책이라도 읽는다면 저절로 졸음이 쏟아진다. 처음에 패턴이 잡히기까지는 엄마가 같이 자 주면 더 좋다. 요즘은 주 52시간 근무제와 워라밸을 강조하는 추세이니 감히 시도도 못해 볼 일은 아니다. 일찍 자는 좋은 습관이 잘 정착한다면 동생을 낳고 싶은 마음이 절로 든다.

▶ ▶ ▶ 온천탕은 한국이 승

캐나다의 여름은 야외 활동의 천국이다. 어제 아이스필드 파크웨이를 따라 내려오는 길에 자전거 타는 사람들을 수없이 보았다. 양옆에 자전거 가방인 페니어를 달고 며칠씩 캠핑을 해가며 밴프에서 재스퍼까지 가는 사람도 있고, 자전거 여행 업체에서 어느 지점까지 데려다 주고 거기서부터 돌아오는 무리도 있다. 본인의 실력, 체력, 여건에 따라 선택할 수 있는 자전거 라이더의 천국이다. 차창 밖으로도 이렇게 아름다운데 공기를 가르며 자전거로 달리는 맛은 얼마나 좋을까? 차에 자전거도 실려 있겠다, 당장이라도 한 코스 달려 보고 싶지만 나는 딸린 식구가 있는 몸이다.

어제의 아쉬움을 달랠 겸 캠핑장 주변으로 혼자 자전거를 타고 한 바퀴 돌았다. 다른 때 같았으면 애들이 따라붙겠다고 난리였겠지만, 라디마랑 노느라 엄마는 안중에도 없다. 어찌나 고마운지 마음 변할세라 멀리멀리 힘차게 페달을 밟아 본다. 아이들과 뒹굴겠노라 왔지만 엄마도 잠시 숨 쉴 시간은 필요하다. 숲속 오솔길을 따라 나 있는 호젓한 라이딩 코스는 진정한 힐링 코스다. 어스름하게 땅거미가 내리니 여기저기에서 모닥불 피우는 연기가 올라오고 솔향기, 나무 타는 냄새가 난다. 왠지 구수한 밥 냄새도 날 것 같은데 밥 냄새는 안 난다. '참, 여기 캐나다지?' 밥 냄새에 생각이 미치니 슬슬 배가 고파 온다.

"애들아! 밥 먹어라!"

이 고요한 산중에 한국말이 멀리멀리 퍼져 갔나 보다. 뒤쪽 사이트에서 누가 걸어오면서 "안녕하세요?"라고 인사를 건넨다. 50, 60대로 보이는 어른 여섯 분이다. 한 분은 밴쿠버에 사는 교민이고 나머지 다섯 분은 각종 혈연과 학연 관계로 얽혀 있는, 한국에서 자전거를 타러 온 분들이란다. 그분들도 레이크루이스에서 내려왔는데 우리처럼 재스퍼부터 남진하여 밴프에서 조금 더 내려간 후 밴쿠버로 귀환하는 일정이라고 하신다. 아이스필드 파크웨이를 따라 즐비한 라이더들을 보며 내 가슴도 같이 설레는 한편, '저건 우리와 뼛속까지 다른 서양인이나 하는 거야'하고 치부했었다. 그런데 환갑은 되어 보이는 토종 한국 어르신들이 캐네디언로키 종주를 한다니! 존경스럽기도 하고 '나도 어쩌면?'하는 희망이 생기기도 한다.

여행을 준비하며 읽은 책만 수십 권이라 어느 책에서 본 듯하여, 원래 자전거 종주는 밴프에서 재스퍼 쪽으로 가야 하지 않느냐고 물었다. 그랬더니 껄껄 웃으시며 "초짜도 아는 걸. 이래 코스를 잘못 골라 역풍 맞으며 오르막길 오르면서 죽을 고생을 하고 있어요"라고 하신다. 말로는 고생한다고 하셨으나 목소리와 표정에서는 활력이 넘쳐 보인다. 젊은 엄마가 애 셋 데리고 자전거 타며 RV 여행하는 게 대단하다며(아마도 아이들과 자전거와 킥보드 타며 캠핑장을 돌아다니는 것을 보신 모양이다) 격려해 주신다. 게다가 여차하면 버릴 요량으로 가져온 예비 킥보드의 핵심 부품을 그분들에게 얻어서, 킥보드 분실이라는 대형 사고의 여파를 최소한으로 막을 수 있었다. 그분들은 이제 일정이 끝나 간다며 수박에 라면도 나눠주셔서 우리의 곤궁한 여행에 귀한 보급품이 되었다. 그 라면은 국물에 밥까지 말아 맛있게 먹었다.

바야흐로 8월 첫째 주, 한여름이지만 이곳 밴프의 날씨는 가을 날씨에 가깝다. (물론 서양인들은 반소매에 반바지로도 다니지만) 밤 사이 비도 내리고 아침부터 구름이 잔뜩 껴서 기온은 더 떨어진 것 같다. 몇 군데 관광지를 둘러보지만 스산한 날씨 덕에 별로 감흥이 없다. 이런 날은 뜨끈한 목욕탕에 몸을 담그는 게 최고다. 험산 준령을 자랑하는 캐네디언로키답게 몇 군데에 온천이 있는데 밴프에는 밴프 어퍼핫스프링스Upper Hot Springs가 유명하다. 설퍼산Sulphur Mt.으로 올라가는 길에서부터 유황 냄새가 난다. 하긴 괜히 Sulfur

유황 Mountain이겠는가. 막내는 코를 틀어쥐면서도 신난 표정이다. 아이들과 샐러드의 공통점은? 물에 담가 놓으면 시들시들하다가도 다시 살아난다는 것이다. 오랜만의 물놀이에 모두 들떠 있다.

가족 요금제가 있어서 할인을 받아 입장한다. 그러고 보니 국립공원 입장도 가족 티켓으로 발권받았다. 우리나라에서는 무조건 한 사람씩 계산하다 보니 아이가 많을수록 손해지만, 이런 구조는 아이가 많을수록 이익이다. 다둥이인 우리 집은 1인당 각각 입장료를 내야 하는 키즈카페 같은 곳은 잘 가지 않는다. 아니 못 간다고 하는 게 더 정확하다. 내가 우리나라 저출산 대책까지 논할 주제는 못 되지만, 낳으면 낳을수록 손해인 사회 구조에서 낳으면 낳을수록 이익인 구조로 전환된다면 인구 문제가 어느 정도 해결되지 않을까?

노천탕을 기대했지만 밴프 핫스프링스는 온천물을 이용한 수영장이다. 히브탕, 히노끼탕, 게르마늄탕 등 주제도 다양하고 열탕, 온탕, 냉탕, 온도마저 세분되어 있는 우리나라 목욕탕에 익숙한 나와 한 여사는 크게 실망했다. 하지만 역시나 아이들은 구명조끼까지 챙겨 입고 물놀이에 한창이다. 워낙 탕을 좋아하는 둘째만 다른 탕은 없냐며 한 번 물어 왔지만 없다 하니 그냥 쿨하게 다시 가서 논다. 한쪽이 소란스러워서 봤더니 중년의 백인 아주머니가 직원들의 부축을 받아 의자로 몸을 옮긴다. 아마도 뜨거운 물에서 탈진한 모양이다.

▶ 뜨거운 물에서 수영하는 것은 에너자이저도 뻗게 만든다.

작은 소동을 뒤로하고 아이들과 놀아 줄 겸 잠시 깊은 물에서 수영했는데, 아뿔싸! 머리가 핑 돈다. 탈의실에 붙은 '10분 입욕 후 10분 휴식'이라는 경고문구가 생각난다. 10분 입욕에 10분 휴식은 좀 지나치다 했지만, 이들 방식으로 뜨거운 물에서 수영을 하는 것과 우리 식으로 탕에 가만히 앉아 몸을 담그는 것은 차원이 다른 일이었다. 하긴 여긴 탕이 아니라 수영장이니까 10분에 한 번씩 쉬는 게 맞겠다. 게다가 서양인들은 열에 더욱 약한 사람들 아니던가. 아니나 다를까 아까 밖에서 쌀쌀한 날씨에 반바지 반소매를 입고 다니던 모습과는 대조적으로 수영장 주변에 앉아 있는 서양인들은 하나같이 얼굴이 벌겋게 달아올라 있다.

목욕하고 나니 빨래해야 한다는 생각이 난다. 캠핑장으로 돌아오는 길에 코인 빨래방에서 세탁기를 돌리는 동안 주차장에서 저녁을 해 먹는다. RV는 집이 통째로 움직이니 이럴 때가 가장 편하다. 쌀쌀한 날씨에 온천까지 했겠다. 이런 날은 라면이다. 파 송송 썰어 뜨끈한 국물에 계란 한 알 넣어 반숙으로 곁들이니 몸뿐 아니라 마음까지 노곤해지는 것 같다.

▸ ▸ ▸ 친구를 월마트에서 보다니

일요일 아침이다. 이동하는 동선에서 교회를 찾아 어느 곳을 갈지

✅ 캠핑카에서는 어떻게 해야 잘 요리하고 빨래하고 잠잘까?

RV는 모든 문명시설을 갖췄지만 그래도 야영은 야영이다. 전기, 상하수도를 연결하는 풀 훅업(Full Hook up)이 아닌 이상 낭비가 있을 수 없다. 그중 가장 신경 써야하는 것은 물이다. 상수도용 Fresh water뿐 아니라 하수도용 Grey, Black water도 잘 점검해야 한다. 즉, 쓰는 것도 아껴 써야 하지만 버리는 것도 아껴서 버려야 한다는 얘기다. 설거지용, 욕실용 대야를 준비해 가면 물을 아낄 수 있다.

RV에서 씻을 때는 물 두 바가지로 샤워를 끝냈다. 국립공원 캠핑장에는 물을 공급받을 수 있는 곳은 많아도 덤프 스테이션은 한정적이므로 해당 국립공원의 덤프 스테이션 위치를 확인해 놓자. 보통 국립공원 뉴스레터에 잘 나와 있다. 아무리 잘 밀봉되어 있다지만 똥통을 달고 다니는 것은 좀 꺼림직해서 아이들에게도 큰 볼일은 가급적 밖에서 해결하게 했다.

빨래는 일주일에 한 번 정도 몰아서 한다. 큰 캠핑장들은 동전빨래방이 있어서 건조까지 한 번에 끝낼 수 있다. 보통은 샤워장과 빨래방이 붙어 있어서 샤워를 마친 후 빨래를 돌려 놓고 밥을 해 먹는 경우가 많았다.

RV 예약할 때 옵션으로 개인용 침구를 선택할 수 있다. 우리의 경우 보험을 좀 비싼 것으로 드는 대신 개인용 침구와 무제한 마일리지를 옵션으로 받았다. 침대 시트, 모포, 베개가 들어 있는 밀봉 팩이 1인당 1개씩 제공된다. 침구 옵션을 선택하지 않는다면 개인용 침낭을 미리 준비해야 한다.

접이식 테이블과 캠핑 의자도 1인당 1개씩 포함되어 있었지만 의자만 2개 받아 갔다. 캠핑장 개별 사이트에 테이블과 의자가 비치되어 있어 굳이 접이식 테이블을 펼칠 일은 없기 때문이다. 나중에는 나가서 먹는 것도 귀찮아서 RV 안에서 식사를 했다. RV 안에는 붙박이 테이블과 의자가 있는데 주행 중에는 의자로(안전벨트를 맬 수 있다), 저녁에는 침대로 변신한다. 우리는 운전석 위 캡오버 침대에 아이들 셋이 자고 나와 한 여사는 뒤쪽 슬라이드 아웃 침대를 이용해서 테이블을 침대로 접을 일은 없었다. 이 공간이 밥도 먹고 간식도 먹고 저녁에는 책도 읽는 식탁 겸 거실 역할을 한다.

RV의 엔진과 라디에이터의 동력은 가솔린이지만 가스와 난방은 프로판 가스다. 매끼 밥을 해먹지만 프로판 가스는 생각보다 잘 안 닳아서 한 달 RV 생활 동안 반 탱크 정도 한 번 충전했을 뿐이다.

대략 정해 놓았는데, 오늘은 십여 년 전 같이 활동하던 친구네 교회에서 함께 예배드리기로 했다. 원래 캐나다 이민 1.5세인데 20대에 한국에서 지내다가 결혼 후 남편의 유학으로 다시 캐나다에 돌아와 있다. 캐네디언로키가 여정에 포함되면서 그 친구에게 연락할까 말까 고민했다. 하지만 RV 타고 다니는 떠돌이 여행자가 차분히 앉아서 밀린 회포를 풀 수 있는 상황도 아니거니와 애도 셋이나 되는 대식구가 남의 집에 질펀하게 퍼져 있는 것도 민폐라 그냥 연락을 않고 있었다.

'제주도만 내려가 살아도 온갖 손님에 살림이 남아나질 않는다던데, 먼 타국에 살면 왔다 가는 손님이 얼마나 많을 것인가? 나까지 한 술 얹지 말고 그냥 조용히 지나가자.' 하지만 거리가 가까워져서일까? 시애틀에서 지내는 동안 자꾸 생각이 났다. 이번에 못 보면 또 언제 볼까? 마침 주일이고 그날 저녁 묵을 캠핑장도 예약했으니 같이 예배드리고 밖에서 점심이나 함께하면 크게 폐되지 않겠다 싶어 연락했다. 그 시절엔 우리 모두 푸릇푸릇했는데 이젠 애 둘, 셋씩 끼고 만나겠구나. 오랜만에 친구를 만나는 설렘 때문일까? 새벽 공기가 가슴을 기분 좋게 간질인다.

밴프를 떠나기 전에 마지막으로 밴프 케이블카 첫차를 탄다. 아직 잠이 덜 깨 몽롱한 상태에도 눈이 예리한 둘째는 발밑 수십 미터 아래 뭔가 움직이는 생명체를 발견하고 눈을 번쩍 뜬다. 이 아침에 상의도 벗은 채 깎아지른 벼랑길을 뛰어서 오르고 있는 서양인 하이커다. 보는 것만으로도 숨이 차다.

'헉헉, 역시 우리랑은 체력이 달라.'

둘째의 눈에는 옷을 제대로 안 입고 산에 올라가는 아저씨가 안돼 보였나 보다.

"엄마, 저 아저씨는 왜 저렇게 뛰어가? 돈이 없어서 케이블카 못 타는 거야?"

옆에서 막내가 거든다.

"돈이 없어서 옷도 없는 거야?"

'품, 얘들아! 이건 에너지가 넘쳐나는 서양인들의 고상한 취미 생활이란다'라고 말하려 했지만 나도 모르게 아침부터 농담이 새어 나온다.

"우리도 내려갈 땐 걸어 내려가야 해. 엄마도 돈이 없어서 편도만 타는 걸로 끊었거든. 올라가는 것보단 내려가는 게 쉬울 거 같아서 일단 타고 올라가는 거야."

엄마의 농담이 아이들에게는 너무 가혹했나 보다. 이 아침에 초인적인 힘을 발휘해 일어나 케이블카를 탔건만 다시 걸어 내려가야 한다는 이야기에 하늘이 무너지는 것 같은 표정이다. 하지만 이 상황을 맞이하는 태도는 제각각이다.

첫째, 잠시 눈빛이 흔들렸지만 한숨 한 번 쉬고 체념하고 곧 받아들인다.

둘째, 지금이라도 내려달라는 둥 걸어 내려가는 줄 알았으면

▶ 설퍼산 정상에서 보는 밴프. 신선한 아침 공기를 렌즈에 담을 수는 없고 가슴에 한
 가득 담았다.

타지 않았을 거라는 등 엄마는 왜 자꾸 힘든 것만 시키냐며 결국 울음을 터뜨린다.

막내, 그럼 다 내려가서 맛있는 거 사줄 거냐며 그 와중에도 거래하려 한다.

"어머, 저기 봐라. 경치 정말 멋있지 않니? 저게 보우강인가 보다! 우리 레이크루이스에서부터 봤는데."

엄마는 애써 딴청이다. 케이블카에서 내려 정상에서 보는 밴프 풍경은 그림 같지만 걸어 내려갈 생각에 아이들은 경치 같은 건 안중에도 없다. 결국 내려가는 티켓을 산 것으로 장난을 마무리 짓고 엄마의 하늘 같은 은혜에 아이들은 황송한 마음으로 서둘러 하행 케이블카에 탑승한다. 케이블카는 스타벅스 바로 앞에 내려 주는데 케이블카 회사의 엄청난 상술에 초콜릿 머핀을 거머쥔 막내는 꿩도 먹고 알도 먹은 표정이다.

무슨 용기였을까? 이 넓고 넓은 앨버타주에서 달랑 주소 한 줄 쥐고 친구네 교회를 찾겠다는 그 무모함. 캐나다에서 내비게이션이 작동하지 않은 것은 전혀 예상하지 못한 돌발 상황인데, 무작정 지도 한 장 없이 이정표와 감으로 찾아가 본다. 하지만 역시나 감은 믿을 것이 못된다. 목적지인 코크레인Cochrane까지는 찾아왔다. 하지만 정확히 어디에 있는지 모르는 교회를 무슨 수로 찾는단 말인가. 기름을 넣으며 직원들에게 물어보지만 이번 여행을 하는 동안 주유소 직원들은 아무 도움이 되지 않는다. 길을 따라 번호를 매겨 놓은 이 나라 주소의 특성상 침착하게 세미너리 뷰Seminary View 길을 찾아야 한다. 이 모퉁이를 돌면 나올까, 저 모퉁이를 돌면 나올까? 초조함의 연속이지만 하늘은 무모한 도전에 행운까지 허락하시지 않는다. 이때 또다시 구세주 같이 등장한 월마트가 보인다. 왠지 그냥 들어가야 할 것 같다. 사람 있는 곳에 가서 전화를 빌려 보든지 전화카드를 사서 공중전화라도 해 보자. 엇, 그런데 월마트는 와이파이가 잡힌다.

"수정아, 나 못 찾겠어."

"쏭, 어디야?"

"월마트."

"코크레인 월마트?"

"어."

"그래, 내가 그리로 갈게."

그렇게 십여 년 만의 감격스러운 상봉은 월마트 주차장에서 이루어졌다. 한국에서 헤어졌던 우리가 다시 만날 곳이 캐나다 어느 마을 월마트 주차장일 거라고 상상이나 했을까? 뜻밖의 장소에서 만남은 해후를 더 애틋하게 한다. 교회에 도착했을 때는 예배 시작 시간을 훌쩍 넘기고 마칠 시간이 다 되었지만, 교회 마당만 밟아도 감사하다. 아, 이 안도감과 평안함! 마음 같아서는 오늘은 여기까지만 하고 싶다.

고국 떠나 온 지 3주 차 되는 한 여사께서도 한국 사람이 고프

셨나 보다. 평소 말씀이 많은 편이 아닌데 일정 변경을 위해 인터넷을 좀 하고 있자니, 딸뻘 되는 친구를 붙들고 무슨 말씀을 그리 많이 하신다. 하긴 지난 3주간 아이들 얘기를 들어주시기만 하고 대화다운 대화를 거의 못 하셨지.

갑작스레 들이닥친 손님이지만 그 사이 친구는 이것저것 준비를 많이 했다. 마스터 셰프 한 여사의 존재가 더욱 신경 쓰였던 모양이다. 남편인 목사님과 메뉴를 짜면서 많이 고민한 흔적이 보인다.

목사님 : 김치찌개 할까?
수정 : 아냐, 쏭 어머니 한식 조리사 자격증 갖고 계셔.
목사님 : 그럼 시원하게 냉면 어때? 지난번에 맛있었잖아.
수성 : 아냐 아냐, 쏭 어머니 냉면집 하셨어.

많은 고민 끝에 앨버타 특산물로 식탁을 차린 친구의 마음 씀씀이가 느껴진다. 우리에게 허락된 시간이 짧은 것이 아쉬울 뿐이다. 아이들도 몇 시간 만에 정이 들었나 보다. 타국에서 사는 친구네 아이들이나 타국 떠도는 우리 집 아이들이나 말이 통하는 또래 친구가 고프기는 매한가지다. 헤어질 시간이 되자 서로 아끼던 물건을 주고받는다. 친구네 큰아이는 얼마 전 시리얼 선정에 대 실패한 우리를 위하여 아끼는 치리오스 허니 시리얼을 내주고, 우리 집 첫째는 애지중지하던 최신간 《엉덩이 탐정》을 내놓는다. '그래, 힘

▶ 캐나다에 사는 친구, 수정이네 가족, 조 목사님과 은이, 단이

들게 이고 지고 왔지만 어쩌면 한글 책은 여기 있는 애들에게 더
필요할지 모르겠다.' 우리 여정에서 제외될 것 같은 그랜드캐니언
관련 그림책과 기타 한글 책을 몇 권 더 내놓고 간다.

　　'수정아, 그 소고기 스테이크는 어떤 스테이크보다 맛있었어.
고맙고 또 고맙다. 한국 오면 연락해. 마스터 셰프께서 거하게 한
상 차려 주고 싶어 하셔.'

▶ ▶ ▶ 여행은 계획대로 되지 않는다

요즘 아이들의 공룡 사랑은 유별나다. 우리 어릴 적에는 공룡이라고 해 봐야 〈아기공룡 둘리〉 정도였는데, 공룡이 경제적 풍요와 상관관계가 있지 않을까 싶을 만큼 서구 아이들, 그리고 요즘 우리나라 아이들의 공룡에 관한 관심은 지대하다. 밴프 일정 이후 바로 글레이셔로 내려갈 것인가 아니면 공룡주립공원Dinosaur Provincial Park을 들렀다 내려갈 것인가 끝없이 고민했다. 공룡주립공원을 거치면 조금 더 멀리 돌아가긴 하지만 이 공원은 그냥 공룡박물관이 아니라 화석 발굴 현장이기 때문에 놓치기 아쉽다. 더구나 '화석 사파리Fossil Safari'라고 하는 화석 채굴장 투어까지 있으니 더욱 욕심이 난다. 그런데 캠핑장이 꽉 찼다. 어쩐다. 미국에 도착해서도 미련을 버리지 못하고 기웃거리는 중에 사이트가 하나 나와서 날름 예약했다. 캐나다는 넓은 나라다. 재스퍼 시내 기차역에 '몬트리올까지 4,000킬로미터'라는 표지를 봤는데 감히 상상할 수도 없는 거리다. 앨버타주에 접어드니 캐네디언로키의 험산 준봉들은 온데간데없고 끝없이 펼쳐진 초원과 노란 유채꽃의 향연, 그 위를 여유롭게 어슬렁거리는 앨버타 소고기뿐이다.

잠시 들른 친구네에서 진한 회포도 풀고 인터넷 검색도 마음껏 했다. 그곳은 인터넷에 접속되는 문명 세계이기에 다음 일정을 조정하기 좋았다. 또 이후 여정에서 요긴하게 쓴 중요한 팁도 얻었다. 바로 처음에 통신이 연결되는 곳에서 구글 맵을 설정하고 가면 그 경로를 따라가는 한 계속 오프라인 안내를 해 준다는 것이다. 물론 경로를 이탈했을 경우 재설정은 안 되지만 내비게이션 없이 200여 킬로미터를 가야 하는 처지에서는 이 정도라도 감지덕지다. 역시 내비게이션을 켜고 길을 찾는 것과 내비게이션 없이 길을 찾는 것은 긴장감에서부터 차원이 다르다. 우려하던 대로 가다가 고속도로를 갈아타는 부분에서 길을 잘못 들어 결국 경로를 이탈하는 불상사가 벌어졌지만, 기적적으로 다시 원래 길을 탈 수 있었다. 이 나라에서 고속도로 이탈은 돌이킬 수 없는 결과를 초래하지만 어떻게 다시 돌아왔는지 나도 잘 모르겠다. 소 뒷걸음질 치다 쥐 잡은 격이다.

아쉬움을 뒤로 한 채 서둘러 출발했지만 공룡주립공원 캠프사이트에 도착한 시각은 늦은 오후다. 여기가 같은 캐나다인가 싶을 만큼 울창한 산림의 로키와 상반되는 황량한 돌산이다. 흡사 미국의 배드랜드국립공원Badlands National Park을 연상시킨다. 한 여사는 쾌적한 산속에만 있다가 먼지와 진흙 구덩이가 많은 캠프사이트에 오니 영 못마땅하신 것 같다. 그래도 트레일을 하나 걸어 보겠다는 의지로 아이들과 길을 나선다. 가다가 몇 발자국 길을 잘못 들어섰는데 트레일이 아닌 곳은 찐득한 진흙 밭이라 옴짝달싹 할 수가 없다. 사막에 비가 온 흔적이 있는데 비 온 뒤에는 뻘밭이 되나 보다. 해가 뉘엿뉘엿 기울어 간다. 곳곳에 희한한 복장의 사람들이 자리

▶ 사진작가들은 일몰을 카메라에 담고 우리 아이들은 두 눈에, 마음속에 담는다.

를 잡고 있다. 일몰을 기다리는 사진작가들이다. 양봉업자같이 망사로 온몸을 철벽 방어했다. 모기 때문이다. 배드랜드에서 맞는 일몰은 아름답지만 해가 떨어지자마자 극성스러운 모기떼의 공격이 시작된다. 아이들하고 읽었던 《누가 티라노사우루스를 발견했을까?》라는 그림책에는 최초의 공룡화석 발굴자가 모기와 사투를 벌이는 장면이 나온다. 공룡을 만나기 위해서는 피의 대가가 필요한가 보다.

오늘은 화석 발굴 현장에서 '화석 사파리Fossil Safari'가 있는 날이다. 이 성수기에 딱 하나 남은 캠프사이트를 쟁취해 내고 화석 사파리까지 예약한 나는야 열혈 캐나다 엄마 못지않다. 이렇게 스스로 자랑스러워했는데 인생은 계획대로 흘러가지 않는다. 친절한 탐방안내소Welcome Center 직원은 며칠 전 내린 폭우로 오늘까지 화석 사파리는 취소되고, 대신 랩 투어Lab Tour로 대체한다고 한다. '그래, 어제 보니 땅이 뻘밭이더라.' 물론 원치 않으면 수수료 없이 취소도 가능하다지만 이 아가씨는 내가 어디에서 어떻게 여기까지 오게 된 줄 알기나 하겠는가? 말해 봐야 무엇 하리오, 쓰디쓴 입맛만 다신다.

탐방안내소는 작은 박물관을 겸하고 있는데 입장료가 있다. 우리는 화석 사파리 예약증으로 무료입장이 가능하다. 그래, 이런 것으로라도 본전을 뽑아 보자. 공룡을 사랑하는 북미 대륙 전역의 어린이들이 찾아오는 곳이어서 일까? 박물관에서는 어린이용 워

▶ 나름 진지하게
　연구에 임하고 있는 둘째

크북을 무료로 제공한다. 혼자 이곳저곳을 탐사할 수 있는 초등학
생 이상의 어린이에게 워크북이 있고 없고는 엄청난 차이가 있다.
워크북을 풀기 위해 더 자세히 보기 때문이다. 워크북은 굳이 영어
를 잘하지 않아도 될 정도의 난이도로 구성되어 있고 어려운 건 빼
고 풀어도 누가 뭐라 하지 않는다. 공부 욕심이 소박한 엄마는 책
한 권에 한 가지 지식만 습득해도 만족이다.

　　화석 사파리 대신 진행되는 랩 투어는 화석 발굴 장소를 직접
가 볼 수는 없지만 발굴된 화석들을 어떻게 연구실에서 분석하고
분류하는지를 보여 준다. 몇몇 샘플은 직접 만져 볼 수도 있다. 화
석은 생물이 퇴적과 오랜 압력으로 돌처럼 된 것이지만 돌보다 훨
씬 무겁다. 아기 주먹만 한 공룡 똥 화석이 꽤나 묵직하다. 키즈 랩

Kids Lab에서는 화석 발굴 키트를 활용해서 '화석과 철광석Iron stone 구별하기', '육식과 초식공룡의 이빨 구별하기' 등 나름 참가자들이 흥미로워할 내용으로 꾸며 놓았다. 그렇다 해도 원래 계획했던 화석 사파리를 못가서 아쉬운 건 어쩔 수 없다.

▶ ▶ ▶ 국경을 통과하는데 냉장고를 보자고?

박물관도 갔다가 투어 프로그램도 참가했다가, 오전 내내 여유를 부렸지만 사실 오늘은 이동할 거리가 상당한 날이다. 오늘 밤 우리가 정박할 글레이셔국립공원Glacier National Park까지는 남서쪽으로 330킬로미터 거리로 국경까지 통과한다. 북쪽이 막혀 버린 사실상 섬나라가 된 대한민국 국민으로선 육로로 국경을 넘는 것이 여전히 익숙하지 않다. 게다가 잘못한 것 하나 없고 이 땅에서 영구히 눌러앉을 마음도 없지만, 미국의 이민국 앞에서는 심박수가 약간 증가하는 것이 사실이다. 친구네에서 얻은 귀한 팁, 오프라인 구글 내비게이션을 잡아서 출발한다. 국경을 넘어가면 다시 내비게이션이 정상화될 테지만 그간 이 예상들에 얼마나 많은 배신을 당했던가? 유비무환이다.

세계 3위의 산유국답게 끝없는 밀밭 한가운데에도 유전 펌프가 있다. 앨버타에서 오일샌드Oil Sand가 난다더니 그것을 생산하는 건가? 이 광활한 대지도 부러운데 저렇게 아무 데나 파도 석유가 나온다니 '기름 한 방울 나지 않는 나라'라며 절약을 미덕으로 교육받은 나로서는 부럽기만 하다. 기름 얘기가 나왔으니 말인데, 중동의 산유국은 기름이 물보다 싸다는 말도 있지 않은가. 미국도 산유국이고 캐나다도 산유국이니 미국이든 캐나다든 어디서 주유하든 비용이 비슷할 것이라고 생각했다. 지금 생각하면 그건 대단한 착각이었다. 악몽 같은 RV 연비를 고려한다면 더욱 철저히 계산했어야 했다. 미국으로 넘어와서 체감 연비가 그날의 악몽 같지는 않아 좀 따져 보았다. 미국 일정이 전체의 3/4인 우리에겐 천만다행으로 캐나다 기름값은 미국보다 최소 20%, 심한 곳은 30% 이상 비싸다. 류시화 시인의 시집 제목이 떠오른다.《지금 알고 있는 걸 그때도 알았더라면》진짜 뼈아픈 실수는 나의 무지 덕에 미국으로 넘어오기 직전 캐나다에서 기름을 가득 채웠다는 것.

지도상으로는 몇 센티미터 정도의 가까운 거리지만 현실의 여행이란 내 발이(내 차의 타이어라도) 닿아야지만 그 길을 지나갈 수 있다. 끝도 없는 길을 달려 미국 국경에 다다른다. 여행의 출발지였던 미국으로 다시 돌아가는 것인데, 마치 고향으로 돌아가는 듯한 안도감과 함께 이민국을 통과해야 한다는 긴장감이 교차한다.

제복 차림의 체격 좋은 백인 아주머니에게 여권 뭉치를 건네고 얌전히 기다린다. 몇 가지 기본적인 질문 후 차에 음식은 없느냐고 묻길래 없다고 대답했다. 그러자 갑자기 입국심사관의 목소리 톤이 높아진다.

"No food in RV? (RV에 음식이 없어요?)"

내가 대답해 놓고도 말이 안 된다는 걸 바로 깨달았다. RV에 음식이 없다니, 아, 오늘 냉장고 수색을 당하는 것인가? 뇌에서 피가 빠져나가는 느낌이다.

"I mean…… I mean……. (내 말은…… 내 말은……)" 하며 우물 거리고 있는데

"No fresh food. Right? (신선 식품이 없다는 거죠, 그렇죠?)"

아! 하늘이 열리는 것 같다. 퇴로를 만들어 주신다.

"That's right! No fresh food. (맞아요! 식선 식품이 없어요)"

운전 조심하라는 인사와 함께 우리의 여권 다섯 장에 도장을 팡팡 찍어 준다. 아, 안도의 한숨이 절로 나온다. 오늘 저녁 메뉴는 앨버타 소고기 스테이크다.

'죄송해요, 아주머니! 이건 안 살 수가 없었어요. 빨리 먹어 없 앨게요.'

✅ 국경을 넘을 때 알아야 할 것

대한민국 여권으로 미국과 캐나다를 입국 할 때는 각각 ESTA와 ETA가 필요하지만 육로로 입국할 때는 면제된다. 하지만 워낙 콧대 높은 미 이민국에서 괜한 실랑이를 피하려면 육로 입국의 경우에도 ESTA가 있으면 좋다. 물론 한국에서 미국을 갈 때 는 대부분 항공으로 입국하므로 어차피 ESTA를 받아야 하기 때문에 따로 신경 쓸 필요는 없다.

원칙적으로 육류와 씨 있는 과일, 흙(화분 등)은 가지고 넘어갈 수 없다. 양국 시민권 자, 영주권자, 학생비자 등 장기 체류자는 서로 간에 면세 한도가 적용되지만 우리 같은 관광비자 소지자는 면세 한도에 제한이 없다. 미국 이민국에 비해 캐나다 이민 국 직원들은 퍽 상냥하다. 캐나다 이민국 직원들마저도 마주하고 있는 미국 이민국 사무실은 웃지도 않고 분위기부터 다르다고 말한다. 험악한 미 이민국이지만 사람 잡아 먹는 곳은 아니니 겁먹지 말고 내가 왜 여기에 왔고 언제 떠날 것인지만 당당하게 말하면 된다.

2장 미국 국립공원 투어,
글레이셔국립공원부터 그랜드캐니언까지

▶ ▶ ▶ **누가 빨간 버튼을 눌렀다고?**

글레이셔국립공원은 미국 본토에서 내륙빙하를 만날 수 있는 곳이다. 다시 말하면 높은 산이란 얘기다. 그러나 이런 산꼭대기마저도 온난화의 영향으로 2030년이 되면 더는 빙하를 볼 수 없을 것으로 예상한다고 한다. 주니어 레인저 워크북에도 'Good bye Glacier!'라는 챕터가 있다. 2030년이면 머지않은 미래인데 그때가 되면 국립공원 이름도 바뀌려나? 지구 온난화의 영향을 눈으로 확인할 수 있는 곳이어서 그런지 여기는 환경, 특히 기후 변화를 테마로 한 프로그램이 많다.

캐나다에서 겪은 RV 연비 충격으로 글레이셔국립공원 방문 이후의 일정을 대폭 수정했다. 아니, 수정이라기보다는 취소가 맞

▶ 글레이셔국립공원의 동쪽 입구, 세인트 메리^{St. Mary Entrance}

다. 불안한 거 못 참는 성격상 일정을 빡빡하게 짜서 예약했는데, 막상 며칠 다녀 보니 그 일정을 다 수행하기 위해서는 체력도 기름 값도 감당할 수 없을 것 같다. 옐로스톤국립공원, 그랜드캐니언 등 몇 개의 굵직한 곳만 드문드문 남겨 놓고 나머지는 모두 취소했다. 그러고 나니 이제 하루하루 어디로 가야 할지, 어디서 자야 할지를 고민해야 하는 처지가 되었다. 남겨 놓은 곳마저도 갈 수 있을지 모르겠다. 완전한 불확실성 속으로 내몰린 기분이다. 그런데 희한 하게도 마냥 불안하지만은 않다. '어떻게든 되겠지. 일단 사흘간은 글레이셔에 머물게 되었으니 그다음 행선지는 그때 정하자.' 불안, 긴장이 올라올 때도 있지만 이때 필요한 것이 믿음이다.

국립공원 캠핑장 예약페이지에서 보니 글레이셔는 만석이다. 보통은 드문드문 한 자리라도 남아 있는데 여긴 아예 완전히 'Full' 이다. 게다가 예약 가능한 캠핑장이 몇 개 없다. 글레이셔국립공원 은 서쪽의 아프가Apgar 지역과 동쪽의 세인트 메리St. Mary 지역으로 나누어지는데, 이 둘을 연결하는 유일한 길이 미국의 차마고도라 고 하는 '고잉 투 더 썬 로드Going to the Sun road'다. 좁고 구불구불한 길이어서 21피트 이상 차량은 통행이 금지된다. 다시 말해 RV는 지나갈 수 없다는 뜻이다. 다행히 동-서를 연결하는 셔틀버스가 다니는데 이쪽 끝에서 저쪽 끝까지는 차로 2시간 거리다. 결국 한 쪽에 자리를 잡아야 한다는 뜻이다. 우리의 선택은 캐나다 공룡 주 립공원에서 내려오는 동선상 동쪽, 세인트 메리 쪽밖에 없다.

세인트 메리 탐방안내소는 문 닫는 시간(오후 5시 30분)이 다 되어 가지만 사람들로 가득하다. 캠핑장 상황, 레인저 프로그램, 트레일 추천 등 알아내야 할 것들이 가득한데 안내데스크 앞 대기 줄은 좀처럼 줄지 않는다. 마음이 초조한 사람은 나뿐인 것 같다. 주위의 백인들은 매우 여유로워 보인다.

그 순간, 갑자기 소방 대피 알람이 울린다. 높은 천고를 자랑하는 세인트 메리 탐방안내소가 통째로 쩌렁쩌렁 울린다. 오작동으로 몇 초 후에 멈춰 주길 바랐건만 수칙을 철저하게 지키는 미국 레인저들은 사람들을 모두 밖으로 대피시킨다. 아, 곧 내 차례였는데……. 주차장에서 많은 사람이 기다린다. 안전 점검이 다 끝나야 다시 일을 볼 참인가 보다. 문 닫을 시간 넘을 거 같은데……. 그때 한 여사가 내 귀에 대고 조용히 말씀하신다.

"아무래도 희찬이가 한 거 같아."

"뭐?"

"아까 너 줄 서 있을 때 희찬이가 뭘 눌렀어."

"그래? 희찬이, 뭐 눌렀어?"

당황하여 첫째를 추궁한다.

"어……, 뭐 동그란 게 보여서 한번 눌러 봤어."

"야! 아무거나 막 누르면 어떡해! 거기 뭐라고 쓰여 있었어?"

"영어라서 잘 몰라. 그……런데 빨간색으로 돼 있었어."

▶ 수영을 즐기기에 꽤 쌀쌀한 날씨지만 애들은 그런 건 상관없다. 그저 물놀이만 할 수 있으면 좋다.

여행이란 돌발 상황의 연속이라지만 초등학교 3학년인 첫째가 이런 사고를 칠 줄 몰랐다. 갑자기 이 많은 사람을 볼 낯이 없다. 미국에서 소방차가 출동하면 비용을 청구한다는 낭설에 생각이 미치자 별생각이 다 들었다. CCTV를 돌려 보면 동양인 남자애가 보일 텐데, 여기서 동양인이라고는 우리밖에 없는데, 일단 자리를 피해야 하나? 얻어야 할 정보는 다 어쩌고? 머리가 복잡해지니 7시간 운전하고 온 피로는 싹 잊었다. 고맙다, 우리 아들아. 약 30분쯤후 다행히 아무 일 없이 상황이 종료되었다. 일단 한 여사와 아이들을 차로 숨겨 놓은 뒤 서둘러 일을 본다.

역시 레인저와 얘기를 하다 보면 많은 팁을 얻는다. 여기 캠핑장이 왜 치열했는지 알았다. 한 곳을 제외하고는 모두 선착순FCFS, First Come First Serve으로 운영되기 때문이다. 그렇다면 내일부터는 우리에게도 기회가 있다는 얘기? 묵으려고 했던 사설 캠핑장인 세인트 메리 코아St. Mary KOA가 시설도 그렇고 비용이 많이 들어서 불만이었는데. 그래, 내일 아침 선착순 당첨에 한 번 도전해 보자. 생각지 않은 돌발 상황에 간담이 녹아내렸다. 오늘의 저녁 메뉴인 앨버타 소고기만 힘든 내 하루를 위로한다.

✅ 선착순 캠핑장과 예약제 캠핑장 차이

미국 국립공원 캠핑장은 예약제와 선착순 두 가지로 운영한다. 요세미티나 옐로스톤 같은 대형 국립공원은 상당 부분 예약제로 운영하지만 선착순 캠핑장도 있기 때문에 예약을 못했다고 아예 포기하지는 말자. 보통 예약제 캠핑장이 시설이 좋은 경우가 많고 편의시설이 없거나 오지 캠핑장은 선착순으로 운영된다. 중소형 국립공원 캠핑장은 예약제보다 선착순 캠핑장을 더 많이 운영한다. 국립공원별 캠핑장 리스트 및 개방 여부는 해당 국립공원 뉴스레터에 나와 있지만 탐방안내소(Visitor Center)에서는 그날의 캠핑장 잔여 석 및 선착순 캠핑장 마감 시간까지 안내하고 있기 때문에 반드시 탐방안내소를 들러서 상황을 파악하자. 요세미티, 옐로스톤, 그랜드캐니언을 제외하고 국립공원 캠핑장 확보는 그리 어렵지 않다. 다만 접근성이 좋은 위치에 있는 캠핑장부터 차기 때문에 성수기에는 서두르는 것이 좋다.

▶ ▶ ▶ 축하해요, 당신까지네요

이왕 선착순에 도전해 보기로 했으니 새벽같이 출발해 보자. 일찍 나섰으니 여유를 좀 부려 볼까나? 인터넷으로 예약을 받는 세인트 메리캠핑장St. Mary Campground도 노쇼No-Show로 인한 대기자를 받는다고 하니 한 바퀴 둘러나 보고 가자. 그런데 이 새벽에 안내원이 있을 리가 없다. 대기를 뭘 어떻게 건다는 거야? 시스템이 낯선데 물어볼 사람도 없고 그냥 한 바퀴 돌아만 보고 나온다.

그런데 아뿔싸, 라이징썬캠핑장Rising Sun Campground에 도착했을 땐 벌써 차가 쭉 늘어 서 있다. 그냥 바로 이리로 올 걸 쓸데없이 시간을 허비했다. 무작정 여기서 기다리면 되는 건가? 내가 열세 번째고 사이트가 84개니 이 정도면 안정권인가? 이런저런 잡생각을 하는 동안 우리 뒤로 차가 쭉쭉 늘어난다. 모르면 묻는 게 최고다. 어슬렁어슬렁 앞차 아저씨에게 가서 말을 한 번 걸어 본다. 역시 서양인들은 친절하다. 그분은 어제도 7시 30분에 왔다가 허탕치고 가셨단다. 이때 직원이 나와서 그날의 퇴실 사이트 개수를 파악하고 그 수만큼 입장시키는데, 오늘은 얼마나 나올지 알 수 없단다. 여유를 부려야 할 때 부렸어야지. 나도 모르게 자책한다. 쉽게 생각했는데 그 아저씨의 이야기를 들으니 불안해지기 시작한다.

뭔가 아슬아슬한 느낌이다. 안내표지판을 읽어 보니 더 불안하다. 21피트 이상 RV, 트레일러는 안 된단다. 설마 내 차례가 왔는

▶ 오렌지색 종이가 사용 허가증이자 사용료를 내는 돈 봉투다. 후방거울로 우리 뒤에 쭉 늘어선 차가 보인다.

데도 차 크기 때문에 안 된다고 하려나? 우리 차는 22피트인데 1피트 정도는 어떻게 안 되나? 차량 등록증 보여 달라고 하려나? 설마 줄자로 차 길이를 재는 건 아니겠지? 눈에 보이는 현실에 마음이 쓰이면 믿음이 흔들리고 의심이 올라온다. 곧 운명의 주사위가 던져진다.

　아! 직원이 나왔다. 운전석에서 얌전히 기다리자. 앞에서부터 뭔가 종이를 하나씩 나눠준다. 대기표인가? 선착순이 처음인 나는 심장까지 두근거린다. 받은 종이는 대기표라고 하기엔 적어야 할 게 많고 정해진 서식이 있다. 나한테까지 나눠주고 뒤에 가서 뭐라 뭐라 공지를 한다. 이게 뭔지는 모르지만 일단 뭐라도 받았으니 조금은 안심이 된다. 역시 모르면 또 물어봐야지. 안면을 튼 앞차 아저씨에게 가서 물어본다.

"축하해요. 그게 입장권이에요. 운이 좋았네요. 당신까지 받은 거 같아요. 앞면에 정보를 적고 그 안에 돈을 넣어서 저기 통에 넣은 뒤 겉장은 뜯어서 사이트 클립에 끼우면 돼요."

무슨 말인지 다 이해되지는 않지만 어쨌든 들어갈 수 있다니 일단 마음이 놓인다. 다음 과정은 대충 눈칫밥으로 남들 하는 대로 따라 하면 되겠지. 차로 돌아오려고 뒤를 돌아보니 맨 뒤부터 차가 돌아가고 있다. 내가 마지막이었다니, 야호! 하늘에서 떡이 떨어진 것 같다.

내가 정한 세인트 메리 코아가 땡볕이었다면 하늘에서 떨어진 라이징썬은 울창한 송림이다. 이제 사흘간의 거처는 정해졌으니 아이들은 숲속에서 뛰어놀고 난 그간의 긴장이 풀려 낮잠이 사르르 온다.

▶ ▶ ▶ ▶ 레인저가 없으면 길을 잃기 쉽다

국립공원 캠핑의 가장 큰 장점은 국립공원에서 진행하는 프로그램에 참여하기 쉽다는 점이다. 국립공원 뉴스레터에 주요 포인트별 프로그램 일정이 나와 있는데, 많은 국립공원이 5~10월까지 한시적으로 운영되기에 대부분의 프로그램이 여름철에 집중되어 있다. 그중 상당수는 레인저가 인솔하는 하이킹인데 구간, 난이도, 소요 시간 등을 고려해서 선택할 수 있다.

오늘은 캠핑장에서 가까운 선 포인트Sun Point에서 출발하는 프로그램에 참여해 보자. 오늘의 레인저는 몬태나주에 사는 산림자원학과 대학원생으로 여름방학 동안 인턴 중이라고 한다. 아무 때나 혼자 걸을 수도 있지만 프로그램에 참여하는 것이 설명을 들을 수 있어 좋다. 그리고 무엇보다 길을 잃을 염려가 없다. 바링폭포 Baring Falls까지가 오늘의 코스였는데, 그 이후에는 알아서 자유롭게 헤어졌다. 우리도 싸 온 점심 도시락을 꺼내 먹고 물장난도 쳐 본다. 하지만 물에 발을 담그자마자 쨍하는 느낌이 전해져 흐르는 물에는 30초 이상 담그기도 어렵다. 객기인지 체질인지 젊은 서양인들은 폭포가 떨어지는 용소에 윗옷을 훌렁훌렁 벗고 뛰어든다. 보는 것만도 추워서 소름이 오슬오슬 돋는다.

점심 먹은 뒤 길을 나서는데 레인저와 헤어지자마자 길을 잃었다. 셔틀버스 타는 곳까지 쉬운 길이라고 했는데 우리가 갈림길에서 올바른 길을 놓친 모양이다. 예상보다 한 참 위로 올라와 버렸다. 어찌어찌 길가로 나오긴 했지만 셔틀버스 정류장은 아니다. 어차피 차 다니는 길은 '고잉 투 더 선 로드' 하나니 이 도로변 어딘가에 정류장이 있기는 할 텐데 거슬러 올라가는 게 가까울지 내려가는 게 가까울지 감이 안 온다. 하지만 본능적으로 올라가기는 싫다. 일단 길을 따라 내려가 보자. 가다 보면 뭐라도 나오겠지. 날은 덥고 건조하다. 에어컨 실외기 바람 같은 후끈한 바람이 연신 불어 댄다. 물 가까운 계곡은 시원하지만 능선으로 나오니 다른 기후대에 있는 것 같다. 지열까지 더해 우리 중에 제일 땅바닥과 가까운 막내의 얼굴은 벌겋게 달아올랐다.

저 멀리 버스정류장이 보인다. 그러나 기쁨도 잠시, 버스가 횡지나가 버린다. 에너자이저들도 방전됐는지 떠나가는 버스를 황망히 바라볼 뿐이다. 여기 셔틀버스는 30, 40분에 한 대씩 운행하는데……, 별수 있나? 마음을 비우고 다음 버스를 기다려야지. 정류장은 그늘도 의자도 없는 땡볕이다. 이미 물도 다 떨어졌다. 여기서 30분을 기다린다면 타 죽을지도 모르겠다. 투덕거릴 힘도 없나 보다. 삼 남매는 정류장 표지판 그림자 밑에 말없이 옹기종기 모여 앉아 있다. 하늘도 우리를 불쌍히 여기셨을까? 믿을 수 없게도 10분 만에 버스가 나타났다. 모두가 의아하지만 이유를 따지고 싶지도 않다. 그저 황송할 뿐이다.

늦은 오후, 그날의 트레일을 마치고 귀가하는 셔틀버스 안은 난민 버스를 방불케 한다. 그런데 한 젊은 청년이 한 여사에게 자리를 양보한다. 본인도 오늘 하루 힘들었을 텐데 감동이다. 지칠 대로 지친 막내는 목마르다고 징징댄다. 분명 한국말로 징징댔는데 뒤에 앉아 계신 아주머니께서 물을 병째로 건네신다. 말은 알아

듣지 못하지만 산속 여기저기에서 비슷한 하루를 보낸 사람들끼리 이심전심 마음이 통하나 보다. 이곳 사람들이 인심이 좋은 걸까? 아니면 대자연 앞에서 마음이 순화된 걸까? 온종일 햇볕을 받아 뜨뜻해진 물이었지만 내 마음에는 무엇보다 시원한 얼음 생수였다.

▶ ▶ ▶ 피톤치드 가득한 숲속에 웬 스모그?

동서를 잇는 '고잉 투 더 선 로드'의 정상은 로간 패스Logan Pass다. 셔틀버스를 타고 '고잉 투 더 선 로드'에 올라와 보니 왜 21피트 이상은 통제하는지 알겠다. 노새나 다니던 이 깎아지른 듯한 벼랑길을 1933년에 포장했다. 우리나라는 갓 쓰고 도포 입고 다니던 구한말 시대니 이들을 서양오랑캐라며 무시할 일이 아니었던 듯하다.

로간 패스 탐방안내소에는 마스코트 같은 귀여운 생물이 있는데 바로 콜롬비아 땅다람쥐이다. 우리네 다람쥐 크기의 서너 배는 되는 것 같은데 윤기 나는 털과 복슬복슬한 꼬리가 귀엽다. 이곳은 관광객들의 공식 점심식사 자리다. 동쪽, 서쪽에서 올라온 수많은 하이커들이 로간 패스 탐방안내소 앞에서 점심을 먹는다. 서양인들의 점심은 샌드위치, 쿠키 등 간단한 음식이지만 부스러기를 먹으러 다람쥐들이 다리 사이를 요리조리 돌아다닌다. 사람들도 어

▶ 관목이 군락을 이루고 야생화가 카펫처럼 깔린 히든호수 트레일.

쩌면 그 모습이 귀여워서 일부러 조금씩 흘리는 건지도 모르겠다. 요 영특한 녀석들도 그걸 알고 주변을 알짱거리는 걸 테고. 삼 남매는 난리가 났다. 어떻게든 한 번 쓰다듬어 보고 싶어 안달이다. 다리에라도 스쳐 지나가면 까르륵거리며 좋아서 어쩔 줄 몰라 한다.

탐방안내소 뒤쪽으로 히든호수 트레일Hidden Lake Trail이 있다. 팔순은 넘었을 것 같은 백발의 레인저가 완만하고 경치가 좋아서 최고 인기 트레일이라며 꼭 걸어 보라고 추천해 주신다. 고지대라 키 큰 나무보다는 관목과 야생화가 카펫처럼 깔려 있다. 강아지 정도 크기의 마멋들이 겁도 없이 트레일 근처까지 접근해 온다. 저쪽 눈이 있는 곳에는 발굽에 고무 같은 게 달려서 가파른 산도 경중경중 올라간다는 산양도 있다. 산과 만년설, 야생화와 야생동물이 어우러진 아름다운 풍경이다.

내려와 보니 야생동물을 살펴볼 수 있는 작은 체험 부스가 열렸다. 뿔도 들어 보고 털도 만져 보고 발자국 모형도 보고 방금 만난 야생동물을 자세히 살펴본다. 미국의 국립공원에는 이런 아이들 체험 행사가 많아서 좋다. 돌아오는 셔틀버스가 중간에 잠시 멈췄다. 우리뿐 아니라 주위의 모든 차가 멈췄다. 차장님이

▶ 곳곳에서 레인저 부스를 운영하여 아이들이 전시물을 직접 만져 볼 수 있다.

방송으로 호수 건너편에 무스가 있다고 한다. 다들 쌍안경을 꺼내들고 무스를 관찰한다. 정말 거대한 뿔을 머리에 이고 물을 먹는 무스가 보인다. 목 근육이 대단할 것 같다. 미국은 산업화한 나라지만 자연과도 매우 가까이 있다.

어젯밤에 본 일기예보에서 몬태나 지역은 서쪽에서 동쪽으로 높새바람이 인다고 한다. 아, 그래서 그렇게 덥고 건조한 바람이 부는구나. 그럼 내일은 서쪽 글레이셔West Glacier 쪽으로 가 보자. 이런 지형적인 특성으로 서쪽 글레이셔 쪽은 물이 많고 나무가 더 빼곡하다. 다리 건강이 좋지 않은 한 여사와 아이들을 핑계로 난이도 '하'의 삼나무 트레일Trail of Cedars을 골랐다. 울창한 삼나무 숲에서 나오는 피톤치드가 딱 내 마음에 든다.

다음에는 서쪽 글레이셔, 맥도널드호수 계곡Lake McDonald Valley 쪽으로 베이스캠프를 잡아 보리라. 역시나 이쪽이 더 인기가 많은 지역인지 레인저 프로그램도 훨씬 많다. 날씨는 아주 쨍하고 맑은데 시야에 안개 낀 듯 뿌연 것이 보인다. 레인저의 대답은 의외다. 스모그란다. 스모그? 내가 아는 그 스모그? 이 산중에 오염원이 없는데 어떻게 스모그가 있지? 연세 지긋하신 레인저는 의아해하는 나를 위해 친절하게 설명을 덧붙여 주신다.

"캘리포니아 산불로 생긴 스모그예요. 예전에는 이런 일이 별로 없었는데, 한 십 년 전부터 매년 산불 영향을 받고 있습니다."

그러고 보니 할베이 집에서 체크아웃하던 날 게스트하우스 안

▶ 삼나무 트레일. 글레이셔 국립공원 서쪽은 다른 쪽보다 강수량이 많아 계곡물이 풍부하고 아름드리 큰 나무가 많다.

주인 필리스가 캘리포니아에 산불이 심하니 조심하라고 당부했던 기억이 난다. 얼마나 큰 산불이면 여기까지 영향을 미치는 걸까? 미국은 북부의 빙하 녹은 물이 주요 수원인데, 온난화의 여파로 물 원천이 점점 말라서 아래쪽은 더욱 건조해지는 모양이다. 서울도 현재 40도에 육박하는 엄청난 폭염이라는데, 온난화를 온몸으로 맞고 있는 글레이셔국립공원만 보더라도 기후 변화가 피부로 느껴진다.

▶   ▶   ▶   **거대한 물줄기가 폭탄처럼 터지는 광경**

"이번 여행에서 어디가 제일 기대되?"

미국이 어떤 나란지, 뭐가 유명한 곳인지 알 리가 없는 둘째와 막내의 대답은 수영장, 비행기 정도가 고작이다. 역시 사람의 생각은 직접이든 간접이든 경험한 바를 뛰어넘지 못하는 모양이다. 그런데 첫째는 어디서 들었는지 옐로스톤이 제일 기대된단다.

"그중에도 물이 분수처럼 솟구치는 거 꼭 보고 싶어."

올드페이스풀간헐천Old Faithful Geyser을 말하는 모양이다. 그래, 오늘 그 자연의 경이, 올드페이스풀을 보러 가자꾸나.

말은 쉽지만 오늘의 이동을 위해서 엄마와 할머니는 새벽 2시 50분에 기상이다. 700킬로미터를 10시간 이상 달려야 한다. 한 여

▶ 올드페이스풀 이외에도 더 많이 더 높이 분출하는 간헐천이 있으나 올드페이스풀이 가
장 유명한 것은 예측 가능성 때문이다.

사께서 장거리를 운전할 딸을 위해 따뜻한 차를 준비해 주셨다. 엄마밖에 없다. 장거리 이동을 위해 차를 가볍게 하려고 어젯밤에 미리 덤프 스테이션에서 모든 탱크를 비워 놨다. 눈곱만 떼고 바로 출발이다. 칠흑 같은 어둠에 야생동물이라도 칠까 조심조심 글레이셔국립공원과 작별을 한다.

중간 보급지인 헬레나 월마트에 도착하니 아침 9시다. 이른 시간이지만 해가 머리 꼭대기에 떠 있고 일어난 지 벌써 6시간이 넘으니 체감 시간은 오후 같은 느낌이다. 한잠 푹 자고 일어나신 삼남매는 먹고 싶은 과자를 고르느라 부산하다. 우리 집 마트 쇼핑에는 원칙이 있다. 필요한 식료품 외에 먹고 싶은 간식류(주로 과자, 캔디, 초콜릿 등)는 셋이 협의해서 하나를 고르는 것이다.

첫째는 초콜릿 홀릭이다.

"얘들아, 이 초코칩 쿠키 어때? 엄청 큰 초코가 박혀 있어."

젤리 마니아인 둘째는 젤리를 들이민다.

"오빠, 이 하리보는 한국에 없는 거야."

막내는 관심도 없고 벌써 장난감 판매대에 가 있다.

합의되면 다행이지만 그렇지 않은 경우는 세상에서 가장 공평한 가위바위보로 정한다. 진 두 사람의 입이 삐죽 나왔다. 쌀, 우유, 야채, 계란, 고기에 아이스크림까지 채워 넣어도 일주일 치 식료품 값은 70~80달러 선이다. 조리와 서빙 같은 사람 손을 거치지 않은 미국의 식료품 물가는 우리나라보다 훨씬 싸다.

    11시간을 달려 도착한 옐로스톤국립공원은 과연 미국 최대의 국립공원이라 할 만하다. 국립공원 면적만 8,991제곱킬로미터로 우리나라 충청남도(8,204제곱킬로미터)보다 넓다. 워낙 방대한 면적이다 보니 하루씩 구역을 나눠서 둘러봐야 한다. 일단 첫날은 옐로스톤의 상징, '올드페이스풀'부터 가 보자. 미국의 3대 대통령 토머스 재퍼슨의 명령으로 출발한 루이스, 클라크 탐험대에 의해 알려진 이후, 1870년에 붙인 이름인데 이 간헐천에 딱 맞는 이름이 지어졌다. 지난 수천 년 동안 비가 오나 눈이 오나 낮이나 밤이나 40~80분 간격으로 분출한다고 하니 그 충성됨이 올드페이스풀Old faithful 할 만하다. 올드페이스풀 구역에는 올드페이스풀 외에도 더 많이 더 높이 분출하는 간헐천들이 있으나 올드페이스풀이 가장 유명한 것은 이 예측 가능한 신뢰도 때문이다. 사람도 자연도 크게 되려면 이처럼 믿음직해야 하나 보다.

    올드페이스풀 탐방안내소에서 오늘의 분출 시간을 안내하고 있다. 마침 곧 분출이 있다고 한다. 어서 나가 보자. 허허벌판 넓디넓은 부지에 관광객도 그만큼 많다. 그런데 놀라운 것은 그 많은 관광객의 대부분이 중국 사람이라는 것이다. 밴프에서 캐나다가 미·중 무역전쟁의 반사이익을 보는 건가 하는 생각은 나만의 착각이었다. 여기가 미국 중서부 내륙의 어디쯤인지 중국 중서부 내륙의 어디쯤인지 분간이 안 될 만큼 중국 관광객의 숫자는 압도적이다. 중국의 힘이 얼마나 대단한지 탐방안내소에서 나눠주는 중국어 안내 책자는 북경어, 광둥어가 버전별로 제공된다. 곳곳에 중국어 안내가 하도 자세해서 중국어만 할 수 있어도 옐로스톤을 관광하는 데 전혀 지장이 없을 정도다. G2로 성장한 중국의 힘을 새삼스레 느낀다. 게다가 우리나라의 지정학적 위치를 생각하면 다음 세대는 미국보다 중국의 영향을 더 많이 받을 수밖에 없다. 미국을 보러 와서 중국을 보고 간다.

올드페이스풀 특성상 분출 시간에는 수많은 사람이 몰려든다. 워낙 거대한 규모의 폭발이라 멀리서도 충분히 감상할 수 있지만 앞에 가서 보고 싶은 것이 사람 마음일 것이다. 겹겹이 둘러싸인 사람들 사이에 펼쳐진 대형 골프 우산은 어김없이 중국인이다. 우산, 양산, 펼칠 수 있는 것들은 다 펼친다. 좁은 사람들 틈바구니에서 우산 끝이 옆 사람을 찌르는 것은 물론이다. "Excuse me(실례합니다)"를 입에 달고 뒷사람 가릴까 봐 이 땡볕에 챙 넓은 모자도 벗어 놓는 서구인들과 대조적이다. 나의 배려지수는 얼마나 되는지, 나부터 돌아보자.

순간 머릿속의 온갖 잡생각을 한꺼번에 날려 버리는 폭발음이 들렸다. 자연의 웅장함이란 이런 것일까. 한번 분출할 때 1만 4,000~3만1,000리터의 물이 높이 40~60미터의 장대한 물줄기로 폭발하는 모습은 나와 같은 인간의 존재를 한없이 작게 느껴지게 한다. 이 모습을 가장 기대했던 첫째의 얼굴에는 만족 이상의 표정이 가득하다. 철없는 막내마저도 뜻밖의 장관에 압도당한 모양이다. 물방울이 얼굴에 튀었다는 둥, 다이너마이트보다 힘이 더 셀 거라는 둥, 저마다 자기의 관점으로 올드페이스풀을 해석하고 있다. 작은 이슈도 포장을 잘하는 미국인데 이런 대자연의 진풍경을 홍보 안 할 수 없겠지. 곳곳에 간헐천이 어떻게 폭발하는지 원리를 설명하는 포스터가 붙어 있고 레인저들이 그 과정을 자세히 설명해 준다. 짧은 역사를 대자연의 선물로 커버하는 훌륭한 전략이다.

아들들은 입에 거품을 물고 침을 튀겨 가며 간헐천 폭발 놀이를 하지만 열 시간 넘게 운전한 엄마는 작열하는 햇볕 아래 정신마저 몽롱해진다. 어서 캠핑장으로 가서 쉬고 싶은 마음에 어떻게 돌아왔는지 모르겠다. 저녁 메뉴로 한 여사께서 해 주신 두부구이는 따끈한 밥과 함께 꿀맛 같은 평온함을 주었다.

▶ ▶ ▶ 캄캄한 산중에서 팀워크는 빛난다

저녁에 아이들과 레인저 프로그램으로 상영하는 〈About Bear in the Park(공원의 곰에 관하여)〉라는 다큐멘터리 영화를 보러 가기로 했다. 영화는 원형 강당에서 상영하는데, 캠핑장 안이라고 해도 거리가 상당해서 자전거와 킥보드를 이용하기로 했다. 이럴 때 참 유용하다.

영화에 따르면 미국도 지금처럼 자연을 자연 그대로 둔 지가 얼마 안 되었다. 1980년대까지만 해도 관광객들이 곰에게 먹이를 주고 자동차 옆에서 소시지를 던져 주는 캠코더 동영상도 있다. 그러나 사람 음식에 길든 곰이 쓰레기통을 뒤지고 차량을 습격하는 등 문제가 발생하자 인간과 자연의 공존에 대해 생각하기 시작했다. 그 결과 야생동물에게 먹이 주는 것을 엄격히 금지하는 한편, 베어 락Bear Lock을 설치하고 인간이 자연에 간섭하지 않는 것이 자연을 위하는 길이라는 캠페인을 시작했다. 실제로 사람 음식을 끊지 못한 곰들은 결국 인명피해를 야기하기 때문에 사살할 수밖에 없다고 한다. 사람과 자연이 공존하기 위해서는 서로 간에 적당한 거리가 필요한 모양이다. 어쩌면 이것은 사람과 사람 간에도 적용되는 원칙인지 모르겠다. 곰이 상당히 똑똑해서 차 문도 열 수 있다는데, 그래서인지 옐로스톤 안의 모든 쓰레기통은 여는 법이 상당히 복잡한 구조여서 현지 나이 5세인 막내도 어떻게 여는지 몰라 쩔쩔맨다.

야외영화다 보니 캄캄한 밤에 상영하는데 옆에 앉은 막내가 꾸벅꾸벅 졸고 있다. 첫째와 둘째도 눈이 풀리긴 마찬가지다. 해가 진 뒤의 쌀쌀한 산중 날씨에 감기라도 걸릴까 싶으니 아직 영화가 끝나지 않았지만 집으로 돌아가는 게 좋겠다. 자전거에 앉아서 우리 사이트로 길을 잡아가야 하는데 아뿔싸 칠흑 같은 어둠이다. 희미한 불빛마저 없고 빽빽한 숲속에 달도 어디 갔는지 보이지 않는다. 그동안 우리가 얼마나 인공 빛에 익숙해져 살았는지 알겠다. 눈을 감고 보나 뜨고 보나 똑같을 만큼 앞이 전혀 보이지 않는다. 애셋을 달고 있는 엄마는 등줄기에 긴장이 흐른다. 쭉 직진하다 어느 지점쯤 우회전을 한 번 해서 우리 루프를 찾아야 하고 그 안에서 우리 자리를 찾아야 한다. 올 때 자전거로 빨리 달려서 10분 정도 거리였으니 상당한 거리다. 어쨌든 결론은 이 아이들을 이끌고 무사히 우리 사이트까지 찾아가야 한다는 것이다. 의지할 불빛이라곤 내 자전거 앞에 달린 호롱불보다 못한 꼬마전구 라이트 하나, 그리고 둘째의 킥보드 바퀴에서 나오는 불빛이다. 그것도 달릴 때만 불빛이 나온다. 안 되겠다. 대오를 다시 정렬하자.

"애들아, 잘 들어. 실제 상황이야. 엄마가 길잡이로 맨 앞에 설게. 그 뒤로 희령이, 희언이는 킥보드 바퀴에 불빛이 나오니까 그다음에 서. 그 불빛을 보고 희찬이가 맨 뒤에서 따라오는 거야. 천천히 갈 테니까 계속 번호 붙이고 귀 쫑긋 세워 잘 들어. 바로 앞사람 놓치면 안 돼."

평소 같았으면 내가 엄마 뒤에 가겠다는 둥, 뒤에서 누가 밀친다는 둥 말이 많았겠으나 누구도 불평 한마디 않고 행동이 빠릿빠릿한 걸 보니 이게 실제 상황이라는 걸 인식한 모양이다. 애들은 누울 자리와 다리 뻗을 자리를 기가 막히게 안다.

우리 집 자전거 라이딩에는 룰이 있다. 맨 앞에 선 내가 "번호!"라고 외치면 바로 뒤에서부터 자기 번호를 큰 소리로 말한다. 가령 내 바로 뒤에 막내가 있는 경우 "3번!" 그 뒷사람이 자기 번호를 부르는 식이다. 내가 선두에 서기 때문에 뒤에 따라오는 아이들의 위치와 순서를 파악하기 위해 고안해 낸 방법이다. 오늘은 눈앞이 보이지 않으니 청각에 더 의지하게 된다.

"번호!"

"3번", "2번", "1번"

"다시 번호!"

"3번", "2번", "1번"

군대 같다. 척하면 착, 이 칠흑 같은 산중에서 집을 잘 찾아가야 한다는 절체절명의 위기 앞에 평소에 없었던 완벽한 팀워크를 보인다. 거의 눈감고 자전거 타는 수준인데 그래도 소리라도 들리니 위치는 파악이 된다. 아이들이 매우 잘해 주고 있으니 이제 선두에 선 나만 잘하면 된다. 어느 지점에선가 우회전해야 우리 루프가 나오는데 그 지점이 어디인지를 모르겠다. 루프마다 표지판이 있을 텐데 글씨는커녕 표지판이 있는지조차도 보이지 않는다. 우회전하여 빠지는 길을 서너 개 지나왔으니 이즈음에서 들어가면 될 것 같다. 여기가 어느 루프인지 모르겠으나 꺾어지는 길이 있으니 들어가 보자. 루프 안으로 들어오니 드문드문 캠퍼들의 불빛이 보이고 저 멀리 화장실 불빛도 보인다. 조금은 안심이 된다. 우리 자리가 화장실 옆에, 옆에 있는 사이트였으니 여기가 우리 루프가 맞는다면 이즈음에 우리 RV가 보여야 한다. 어머나, 맞다! 우리 RV가 맞다! 봉사 문고리 잡기로 이 캄캄한 산중에서 집을 찾아오다니

장하다 우리 애들. 아이들도 그제야 안도의 한숨을 쉰다. 한 여사께서는 우리의 감격과 안도를 아시는지 모르시는지 잠시 졸다 화들짝 놀라 깨셨다. 하긴 엄마도 새벽부터 움직여 피곤하시겠다. 집을 찾아온 게 용하다. 위기 상황에서 완벽한 팀워크가 나오는 걸 보니이 새끼 오리들이 내 품을 떠날 날도 멀지 않았나 보다.

▶ ▶ ▶ 바이슨, 제발 길을 비켜 줘!

옐로스톤국립공원은 화산지형을 기반으로 산도 강도 품고 있는 초대형 국립공원이다. 그만큼 다양한 활동과 구경거리가 있다는 얘기다. 애리조나주에도 우리가 보통 알고 있는 그랜드캐니언이 있지만, 옐로스톤국립공원 내에도 그랜드캐니언이 있다. 물론 규모나 깊이 면에서는 애리조나 그랜드캐니언을 따라갈 수는 없지만 옐로스톤 그랜드캐니언의 풍광도 절대 뒤지지 않는다. 미국 회화사에 한 획을 그은 토마스 모란 역시 옐로스톤에서 깊은 영감을 받아 활동한 화가이다. 그는 옐로스톤 그랜드캐니언을 거대한 화폭의 파노라마 회화로 제작했고, 그것은 사진이나 영상이 없던 시절 옐로스톤을 최초의 국립공원으로 지정하기 위한 미 의회의 승인을 얻어내는 데 큰 도움이 된다. 토마스 모란과 옐로스톤은 서로 간에 깊은 흔적을 남겼는데 토마스 모란은 '토마스 옐로스톤 모란'으로

▶ 예술가 포인트Artist Point에서 바라본 옐로스톤 그랜드캐니언. 과연 대大화가에게 영감을 줄 만한 대大자연이다.

불리기도 했고 그림에 남기는 서명도 'Thomas Y. Moran'으로 했다. 옐로스톤 그랜드캐니언 지역에는 예술가 포인트Artist Point, 영감을 주는 포인트Inspiration Point 같은 지명이 있는데, 이 또한 모란에서 나온 이름들이다. 자, 오늘 거장에게 깊은 영감을 준 이 옐로스톤 그랜드캐니언을 내 눈으로 한번 감상해 보자.

국립공원 내에서도 이동 거리가 상당하고 포인트마다 주차난이 있을 테니 아침 일찍 움직여서 빨리 돌아와 쉬기로 한다. 어차피 집이 통째로 움직이니 애들은 자고 있고 챙길 것도 없다. 캐니언 지역으로 가는 길은 머드 볼케이노Mud Volcano, 진흙 화산를 지나간다. 진흙이 부글부글 끓는 머드 팟Mud Pot과 간헐천을 볼 수 있어 사람들이 몰리는 곳이지만 이른 아침에는 한산하다. 여유롭게 주차하고 고구마와 시리얼로 아침을 먹는다. 캐나다에 사는 친구, 수정이네 첫째가 준 치리오스 허니 시리얼은 역시 맛있다.

"엄마, 나 응가 마려."

아침을 먹다 말고 첫째가 큰 게 마렵단다.

"RV에서 똥은 안 돼. 저기 화장실 보이니까 저기 가서 하고 와."

그런데 화장실로 가던 첫째가 가다 말고 돌아온다.

"엄마, 못 가겠어. 주차장에 엄청 큰 바이슨American Buffalo이 돌아다녀."

그제야 커튼을 열어 차창 밖을 확인하고 깜짝 놀랐다. 어머나,

빨리 아침밥 마무리하고 나가보자. 차에서 나오자마자 계란 썩은 냄새가 코를 찌른다. 진짜 첫째 말대로 바이슨이 주차장과 머드 볼케이노 구역을 돌아다닌다. 집채만 한 야생 들소가 생각보다 가까이에 있어서 아이들 위치를 파악하기 위해 눈으로 머리를 세어 본다.

'하나, 둘……, 둘?'

이런, 막내가 안 보인다. 겁이 많은 막내는 사색이 되어서 저만치 도망가 있다.

"이리 와. 너 뒤쪽에도 또 한 마리 있어."

부글부글 끓는 머드 팟도, 지독한 냄새를 풍기며 용처럼 연기를 뿜어내는 드래곤 마우스 스프링Dragon's Mouth Spring도 신기하지만 이곳을 유유히 거니는 거대한 생명체가 있어서 더 경이롭다. 머드 볼케이노가 있는 하이든 밸리 지역은 옐로스톤 내에서도 바이슨이 많기로 유명한 지역이다. 건너편 옐로스톤강 쪽으로는 백 여 마리의 바이슨 떼가 지나간다. 1킬로미터 정도의 짧은 트레일을 마치고 다시 우리의 목적지 캐니언 지역으로 가는 길, 이 아침에 길이 막힌다. 무슨 일인가 앞쪽을 보니 바이슨 떼가 도로를 점령하고 있다. 옐로스톤에서 유명한 바이슨 잼Traffic Jam에서 따온 말이다. 신호체계를 알 리 없는 이 녀석들이 이리로 갔다 저리로 갔다 하면 차는 마냥 기다려야 한다. 운 좋게 틈이라도 살짝 벌려 주면 그 사이로 조심스레 빠져나온다. 이곳의 교통법은 사람보다, 차보다, 바이슨이 먼저다. 왜냐하면 이들이 이 땅의 원래 주인이고 우리는 잠시 관

▶ 이런 트레일 한가운데를 바이슨이 떡하니 막고 있었다. 사람은 가지도 오지도 못하고 혹시나 그 거구의 비위를 거스를까 최대한 얌전히 기다렸다가 바이슨이 스스로 비켜 주면 그제야 갈 수 있다.

▶ 바이슨 잼, 저들이 틈을 내 주어야 차가 지나갈 수 있다. 이 땅의 주인은 저들이니까.

광 온 손님이기 때문이다. 이들이 주인 행세를 하는 것이 당연하다.

"저기 봐. 바이슨이 수박만 한 똥을 싸!"

'철퍼덕!'

똥 좋아하는 둘째가 제일 신났다. 눈앞에 엄청난 콧김을 뿜어대는 들소가 우글거리니 사파리도 이런 사파리가 없다. 사람이 만들어낸 잼Traffic Jam은 짜증이 날 뿐이지만 자연이 만들어 낸 잼Bison Jam은 즐겁기까지 하다. 창조 섭리대로 사는 생물의 축복이다.

아이들은 캠핑카로 돌아올 생각을 않고

옐로스톤국립공원 안에는 캠핑장이 열두 곳 있는데, 그중 다섯 곳은 예약이 가능하다. 하지만 거의 만실이고 중간중간 한두 자리만 비어 있어서 날짜에 맞춰 짜깁기하듯 예약해야 한다. 여러 캠핑장 Br. Bay, Canyon, Fishing Br., Grant에 하루씩 돌아가며 예약을 했는데 결론적으로는 잘한 일이었다. 옐로스톤이 워낙 크다 보니 하루에 한 지역밖에는 둘러볼 수가 없어 숙소가 있는 지역을 중심으로 동선을 짜 이동하면 되기 때문이다.

미국의 캠핑장은 만실Full Book이 맞나 싶을 만큼 낮에는 사람이 없다. 관광을 하든 다른 야외활동을 하든 다 캠핑장 밖에 있다가 대여섯 시쯤부터 돌아오기 시작하여 저녁 먹고 조용히 잠든다. 공간이 넓기도 하지만 왁자지껄 고기 파티를 벌이거나 음주가무를 즐기지도 않으니 우리네 캠핑장에 비하면 적막하기까지 하다.

피싱브릿지Fishing Bridge 캠핑장은 RV파크RV Park다. 즉, RV와 트레일러 전용 캠핑 구역이라는 뜻이다. 전기, 상하수도를 모두 연결할 수 있는 풀 훅업Full Hook-up이어서 나름 기대했으나 오후에 들어가서 다음날 일찍 나오는 우리에게는 오히려 거추장스럽다. 풀 훅업의 장점은 장박Long Term에서 빛이 난다. 미국인들의 캠핑 스케일은 가히 압도적이다. A급Class A RV는 초대형 버스 RV다. 모든 편의시설을 갖추고 정원까지 꾸미기도 하니 딸린 짐이 가히 상상 초월이다. 국립공원 내에서 이동할 때 사용할 작은 차까지 끌고 다니는 사람도 있어서 우리 같은 C급Class C의 RV는 미니멀 캠핑에 속한다. 한 여사 표현에 따르면 그들은 34평 아파트를 통째로 들고 다닌다. 풀 훅업은 전기와 상하수도를 연결하여 집과 동일한 환경에서 장기 숙박을 하는 미국인에게 최적화된 캠핑 방법이다.

캠핑장 구역이 나누어져 있지만 호텔이나 콘도처럼 완벽히 막힌 곳이 아니기 때문에 오히려 아이들은 동네 아이들과 몰려다니며 놀 수 있다. 오늘도 둘째는 줄넘기로 동네 아이들을 평정했다. 요즘 초등학교는 줄넘기 인증제가 있어서 줄넘기에 목을 매는 경향이 있는데 운동신경이 좋은 둘째는 엄청난 줄넘기 기술을 자랑한다. 이곳 아이들도 'Jump Rope'라고 줄넘기를 하긴 하지만 꺾기, 물레방아, 쌩쌩이 등 현란한 기술로 무장한 둘째가 챔피언이다. 모두 눈이 휘둥그레져서 "Oh, fantastic! How you do that? (오, 멋지다! 어떻게 하는 거야?)"을 외쳐댄다. 둘째의 어깨가 한 뼘쯤 올라가 있다.

이쯤 되면 아이들은 가방에서 오카리나를 꺼내 온다. 아이들이 다니는 초등학교는 입학하면 오카리나를 하나씩 선물한다. 특성화 교육으로 전교생에게 오카리나를 가르치기 때문이다. 학교에서 주는 선물은 단순한 선물이 아니다. 3월 말쯤 학교생활에 적응하면 곧 오카리나 특훈을 시작한다. 처음 첫째를 학교에 보내고서 음감 없는 아들을 앉혀 놓고 오카리나 숙제를 시키는 것은 정말 고역이었다. '도레미파솔라시도'도 힘겨워하던 녀석이 지금은 그래도 학교를 3년 다녔다고 오카리나로 연주곡을 몇 곡 불 줄 안다. 학교를 뺄로 다닌 건 아니구나. 올해는 둘째까지 입학했지만 손이 야무진 아이라 금세 익히고 쉬는 시간에 연습까지 다 해 오니 아들 키우다 딸 키우는 마음은 애를 거저 키우는 기분이다. 오카리나가 미국 아이들 눈에는 신기한 모양이다. 팬플루트라고 부르던데 오카리나 소리가 캠핑장에 널리 널리 퍼져 가면 지나가던 어른들도 박수를 보낸다. 몸이 기억하는 예체능을 어릴 때 시키는 게 맞는가 보다.

큰딸은 살림 밑천이라는 옛말이 있는데, 미국에서도 그 말이 통하는 걸까? 옆 사이트 캠퍼의 큰딸이 이집 저집 동생들을 다 불러 모아 놀이를 한다. 어린 막냇동생을 옆구리에 낀 폼이 하루이틀 해 본 자세가 아니다. 말도 잘 안 통하는 우리 집 애들도 스스럼없이 함께 논다. 밤이 깊어지자 야광 팔찌를 끼고 아이들끼리 올망졸망 모여 논다. 뭔 대단한 놀이를 하는 것도 아닌데 우리 집 삼 남매는 집으로 들어올 줄 모른다. 덕분에 엄마의 옐로스톤 마지막 밤은 조금 여유가 있다.

내일은 그랜드티턴국립공원Grand Teton National Park으로 내려가서 2박을 하고 동쪽으로 차를 몰아 러시모어산Mount Rushmore으로 갈 예정이다. 옐로스톤에서 그랜드티턴까지는 차로 한 시간 반 정도 걸리는 지척이지만, 예정에 없던 곳이기에 선착순으로 캠핑장을 잡으려고 새벽같이 출발하기로 한다. 불확실성은 그 자체로 스트레스가 되기도 하지만 또 한편으론 뜻하지 않은 선물을 만나는 기쁨이 있다. 우리 앞에 어떤 일이 기다리고 있을지 오히려 기대된다.

▶ ▶ ▶ 캠핑장에서 만난 행운의 친구

불어로 그랜드 티턴Grand Teton은 거대한 유방이라는 뜻인데, 그랜드티턴국립공원Grand Teton National Park에는 이름과는 어울리지 않게 세 개의 거대한 봉우리가 있는 다소 아담한 국립공원이다. 옐로스톤이라는 메가톤급 이웃 덕에 지나치기 쉬운 곳이다. 그러나 이곳의 가치를 알아본 사람이 있었으니 미국의 거부 록펠러 주니어다. 무스로 대표되는 이곳의 야생 동식물이 주변의 농장주들에게 위협받고 있다는 이야기를 듣고 아예 이 일대 땅을 통째로 사들여 기증한 통 큰 인물이다. 그 때문에 옐로스톤에서부터 내려와 그랜드티턴을 관통하는 191번 도로의 이름은 '존 D. 록펠러 주니어 기념 파크웨이John D. Rockefeller Jr. Memorial Parkway'다. 국립공원의 새벽 운전은 어디서 튀어나올지 모르는 야생동물을 조심해야 한다. 사고라도 난다면 그 아이들의 덩치가 덩치인 만큼 차량 손상 뿐 아니라 내 마음의 죄책감도 상당할 것 같다.

옐로스톤을 새벽같이 빠져나와 선착순으로 찜해 둔 콜터베이Colter Bay캠핑장에 도착한 시각은 오전 6시 10분. 글레이셔의 라이징썬캠핑장에서 선착순에 대해 한 번 경험이 있다고 자신 있게 출발했지만 이번엔 앞에 기다리는 사람이 아무도 없으니 그게 오히려 더 불안하다. 그냥 여기서 기다리면 되는 걸까? 매표소 앞에 주차 후 RV의 장점을 살려 운전석 위, '캡 오버'에 올라가 아이들 옆에 누워 보지만 쉽게 잠이 오지는 않는다. 다시 내려와서 부스럭거리고 있는데 마침 차가 한 대 나간다. 누가 됐든 사람 그림자라도 보이니 일단 반갑다. 가는 차를 붙잡고 뭐라도 물어보자.

"저희, 캠핑장 배정받고 싶어서 그러는데, 그냥 여기서 기다리면 되나요?"

"Sure. (그럼)"

그러면서 자기네는 원래 2박을 하려 했는데 1박만 하고 간다며 자기 차에 붙은 슬립을 떼어 준다.

"One night for you, friend! (하룻밤은 널 위한 거야, 친구)"

우리가 친구 사이인지는 모르겠지만 일단 "Thank you"라 하고 받아 들었다. 그런데 이걸 어떻게 써먹는 거야? 졸린데 그냥 이 번호에 가서 잘까? 오늘은 이 쪽지가 있으니 될 것 같은데……. 하지만 의심병이 있는 한 여사께서는 그냥 기다리자고 하신다. 해는 이미 떴고 직원들은 8시에 출근한다고 하니 일단 이대로 기다려 보자.

깜빡 잠이 들었나 보다. "여기 직원들 나왔다"라는 한 여사의 목소리에 잠이 깼다. 나보다 한 여사께서 이 불안정한 상황을 더

▶ 낯선 친구에게 받은 D79번 사이트. 아이들은 마시멜로 구울 준비로 한창이다.

못 견디시는 듯 잠깐 쪽잠도 못 주무셨나 보다. 그 사이 우리 뒤로 캠핑카 몇 대가 줄 선 것을 보니 오히려 안심된다. 드디어 매표소 문이 열렸다.

"음, 저……, 친구가 하룻밤 먼저 나가면서 이걸 주고 갔는데 쓸 수 있나요?"

우리 관계는 친구로 확정됐다. 그래, 이 나라 사람들은 잠시 스친 인연도 친구라고 부르니까 친구 맞지, 뭐. 쭈뼛쭈뼛 아까 건네받은 쪽지를 내밀었는데.

"Sure, How many nights you need? (네, 며칠 묵을 예정인가요?)"

예상외의 쿨한 반응에 내가 더 놀랐다.

"2nights please. (이틀 밤이요)"

1박은 그 쪽지로 됐으니 1박치 30달러만 더 내란다. 오예! 친구 덕에 30달러 굳었다. 일단 이틀 밤 묵을 곳을 확보했다. 다음 일은 또 그때 생각하자.

▸ ▸ ▸ **그랜드티턴 트레일은 말똥 트레일**

오후 4시, 레인저가 인솔하는Ranger-led 트레일 프로그램에 참여하려고 콜터베이 탐방안내소 앞으로 모였다. 옐로스톤의 인파를 겪고 와서인지 다소 한가한 듯하지만, 정해진 시각이 되자 어디선가 하나둘 나타나더니 30명은 훨씬 넘는 비교적 대규모 트레일 팀이 꾸려졌다. 콜터베이 호수 주변으로 트레일 팀이 입구를 지나 숲길로 접어들자마자 초식동물의 배설물로 보이는 것들이 여기저기 널려 있다. 아무리 그랜드티턴이 무스의 주요 이동 경로라고 하나 개체 수가 이리 많단 말인가? 너무 놀라워서 레인저에게 물어보니, 똥은 맞는데 말똥이란다. 그러고 보니 아까 입구 쪽에 승마 업체도 있었고 국립공원 뉴스레터에도 승마에 대한 안내를 보았다. 이 지역은 국립공원 내에서 말을 탈 수 있게 허가된 지역이다. 좀 사는 집은 자기 말을 데려오고 여유가 안 되는 집은 말을 빌려 탄다. 승마가 서구인들의 고상한 취미 생활이라더니 이렇게 경험할 줄이야. 싼 지 얼마 안 된 촉촉한 똥, 오래되어 푸석푸석한 똥, 말라 가고 있는 똥, 이미 마른 똥, 세 걸음을 못 가서 똥이 있으니 피해 다니기 힘들다. 산불 특보가 내려 캠프파이어까지 금지된 바짝 마른 공기 덕에 한 걸음 내디딜 때마다 똥 먼지인지 흙먼지인지 모를 먼지들이 풀썩인다. 입으로 숨 쉬는 것조차 찝찝하다. 레인저 말이 여기저기 산불이 나서 스모그가 심하단다. 최근 들어 점점 더 건조해진다고 하니 글레이셔에서 할아버지 레인저에게 들었던 것과 같은 말이다. 그날 우리는 초록색 긴 뱀도 보고 비버 댐도 보고 각종 새도 봤지만 삼 남매는 오늘의 트레일 이름을 이렇게 지었다.

"엄마, 오늘 트레일은 말똥 트레일이야."

코스를 마치고 다시 출발지로 돌아왔는데 말똥먼지인지 흙먼지인지 때문에 온몸은 누런 먼지투성이다. 결벽증이 있으신 한 여사는 우리를 RV 안으로 한 발짝도 들여놓지 못하게 하셨다. 다행히 빌리지Village에 샤워장과 동전세탁실이 있어 먼지를 싹 씻을 수 있었다. 오늘은 기름진 삼겹살이라도 먹어야 목에 낀 말똥가루를 씻어 낼 수 있을 것 같다.

이곳 서부 내륙은 미국 내 다른 곳보다 원주민Native American들의 흔적이 깊이 보인다. 마침 오늘은 콜터베이 탐방안내소 근처에서 티피Tepee 데모가 있는 요일이다. 원주민들의 주거지인 티피 세우는 과정을 시범 보이는 프로그램이다. 누가 데모를 하려나 궁금했는데 원주민 레인저다. 미국 국립공원 서비스국에서 레인저 채용에 쿼터가 있는지는 몰라도 우리가 만난 국립공원 레인저는 거의 백인이다. 남녀의 차이는 거의 없는데 반해 인종의 차이는 뚜렷하다. 흑인, 히스패닉, 아시아인은 거의 보이지 않는다.

첫 번째 폴을 세울 때 어떤 매듭을 묶었는데, 나중에 보니 그게 천막을 씌울 때 가죽을 위쪽까지 올리는 장치다. 거대한 나무를 겹쳐 세우고 겉을 가죽 천막으로 두르면 끝이다. 내부는 5~6명이 들어가도 넉넉할 만큼 넓지만 설치에는 채 30분이 걸리지 않는다. 원주민 사회에서 티피를 치고 걷는 일뿐만 아니라 무두질하고 가죽을 잇고 끈을 만들고 적당한 폴대를 구해서 말리는 등 티피에 관련된 일은 모두 여자 몫이라고 한다. 집안일의 일종이라고 본 것일까? 여자들도 힘이 좋아야겠는데? 티피를 포함하여 여자들은 집안

▶ 거대한 티피를 세우는 수고가 무색하게 관람객은 우리 가족과 프랑스에서 온 한 가족뿐이다.

일(?)을 하고 남자들은 전적으로 사냥에 매달린다고 한다. 아침 공기는 쌀쌀하지만 티피 안에 모닥불이라도 하나 피워 놓으면 아늑할 것 같다.

그랜드티턴국립공원 남측, 무스라고 부르는 곳에는 '크레이그 토마스 디스커버리 탐방안내소Craig Thomas Discovery and Visitor Center'가 있다. 이른 아침 남쪽 끝자락까지 내려가는 이유는 아이들의 주니어 레인저 선서를 위한 것도 있지만 와이파이를 제공한다는 정보 때문이다. 'Discovery and Visitor Center'라는 이름답게 작은 박물관 급의 볼거리가 있다. 그랜드티턴에 관한 다큐멘터리 영화도 상영하는지라 한 여사와 삼 남매를 넣어 놓고 노트북을 켜 끝까지 미련을 버리지 못하고 있던 요세미티국립공원 캠핑장을 취소한다. 가장 마음 쏟은 곳을 취소하고 나니 세쿼이아국립공원Sequoia National Park, 그랜드캐니언 노스림Grand Canyon North Rim 같은 곁다리들은 쉽게 포기가 된다. 못 가는 것도 가슴 아프지만 취소 수수료까지 내야 하니 속이 쓰리다. 하지만 요세미티가 있는 캘리포니아 땅을 밟는 것은 아무래도 무리로 보인다. 뭐 다른 뾰족한 수가 있는 것도 아니면서 국립공원 캠핑장 예약 사이트를 쉽사리 나가지 못한다. 요세미티 쪽을 살펴보니 나 말고도 취소가 많이 나왔다. 캘리포니아 산불이 심각하긴 한가 보다. 난 그것 때문에 안 가는 건 아닌데……. 굵직한 일정들이 다 비워지고 그랜드캐니언의 사우스림South Rim 2박만 남았다. 과연 여긴들 갈 수 있을까? 이제 정말 뒤의 일정을 비우고 나니 하루하루 어디로 가야 할지 막막하다. 그래, 일단 다음 갈 곳은 있으니 러시모어에서 쉬면서 또 그다음 여정을 생각해 보자. 삼 남매의 집중 유효기간이 다했나 보다. 자꾸 주위에서 알짱거리는 것이 이제 노트북을 덮을 시간임을 알려준다.

콜터베이로 돌아가는 길에 제니호Jenny Lake를 지난다. 상부의 잭슨Jackson Lake호보다 크기는 작지만 티턴봉에 둘러싸인 전경이 아름다워 많은 인파가 몰리는 곳이다. 뉴스레터에는 현재 제니호 주변 공사까지 겹쳐 주차난이 심각하니 아예 들어갈 생각조차 말라는 문구까지 있다. 그래도 지나가는 길이니 한번 훑어보기나 하자. 자리가 있으면 감사하고 없으면 할 수 없고.

제니호 지역은 굳이 지도를 확인할 필요도 없다. 길가 양옆에 차가 빽빽하게 있으면 거기가 제니호다. 일반 차량이 이 정도면 RV 자리는 있을 리가 없다. 오, 그런데 한 자리가 내 앞에서 빠진다. 이런 찬스를 놓칠 리 없다. RV 자리는 아니지만 22피트로 아담한 우리 RV는 통행에 지장을 주지 않으니 주차가 가능할 것 같다.

"얘들아, 자전거 한 바퀴 돌고 오지 않을래?"

"싫어."

둘째와 막내는 단칼에 거절이다. 나중에 사춘기가 되면 진짜 따라와 주는 것만도 감사해야 하는 걸까? 한 여사께서도 쉬시겠단다. 할머니 혼자 계시니 말썽부리지 않기로 철석같이 약속을 하고 엄마와 같이 달려 주는 착한 첫째와 함께 페달을 밟아 본다.

▶ 자전거 타고 가는 길에 본 민들레. 솜사탕만큼 크다. 대여섯 번은 불어야 다 날릴
  수 있다.

'그래, 나도 니들 놓고 가는 게 더 편하다, 뭐.'

제니호에서 시그널 마운틴Signal Mountain까지 가는 길은 그랜드 티턴에서도 추천하는 시닉 드라이브Scenic Drive, 경치가 좋은 도로임을 뜻하는 도로 표지. 차로 하는 드라이브가 눈을 즐겁게 한다면 자전거 드라이브는 바람을 가르는 오감이 즐겁다. 지형이 크게 오르락내리락하지 않아 가볍게 페달을 밟으며 경치를 즐긴다. 푸르른 제니호와 그 너머의 만년설을 이고 있는 티턴봉은 바라보는 것만으로도 눈이 시원하다.

주차장으로 돌아와 보니 한 여사가 사색이 되어 있다. 애들이 말썽부렸나? 두 시간 정도 걸린다고 말하고 간 건데, 한 여사는 앞도 뒤도 없이 일단 빨리 차를 빼란다. 아직 자전거도 다 안 실었는데 뭔 일이 있었나 보다. 차가 출발하자 둘째와 막내가 깔깔거린다.

"할머니가 영어 사람한테 막 한국말로 말했어."

"쏘리쏘리쏘리, 노 잉글리시, 노 잉글리시, 하면서 엄마 없다고 했어."

주차 단속반이 왔었던 모양이다. 당황한 한 여사께서 어떻게든 때워 보려고 애쓰신 듯하다. 이 녀석들 할머니가 진땀 빼시는 걸 보고서도 한 마디도 안 거들었구나. 주차단속반원도 동양인 할머니가 당황하며 뭐라 뭐라 하고 뒤에서 꼬맹이 둘이 키득거리는 걸 보고 차마 딱지는 못 떼고 빨리 빼라고 경고만 하고 간 것 같다. 어쨌든 한 여사 덕에 딱지는 면했으니 골치 아픈 일은 피하고 제니호에 대한 아름다운 추억만 간직하고 갈 수 있다.

▶ ▶ ▶ 아이들 사고는 예고가 없다

우리는 와일드 웨스트Wild West로 가고 있지만 실상은 동쪽으로 가고 있다. 오늘의 목적지 러시모어산은 그랜드티턴에서 정 동쪽 700마일 정도 떨어져 있기 때문이다. 러시모어산은 출발 전에도, 모든 일정이 틀어진 후에도 가장 많이 망설인 코스였다. 시애틀에서 시작해서 크게 시계방향으로 한 바퀴 돌게 되는 이번 여정 중에, 러시모어산은 3시 방향에서 한참이나 튀어나와 있고 오가는 길에 이렇다 할 다른 볼거리도 없어서, 오롯이 러시모어산 하나만을 위해 왕복 1,400마일 정도를 더 뛰어야 하는 셈이기 때문이다. 그런데도 사우스다코타South Dakota, 미국 내륙 이 깊숙한 곳을 이때 아니면 언제 가겠나 하는 마음에 방문을 결정했다. 러시모어산 코아KOA캠핑장이 전국 코아 체인 중 상위 몇 위 안에 손꼽히는 곳이라고 하고, 8월 중에는 로데오도 열린다고 하니 날짜를 잘 맞춰서 한번 가보자.

오후쯤 도착한 러시모어산 코아는 예상대로 규모가 상당하다. 원래 예약했던 날보다 열흘 정도 뒤로 미룬 거라서 전화로 확인하려는데 연결이 안 돼 내심 불안했다. 하지만 예약은 잘 살아 있다.

무엇보다 아이들이 이용할 시설이 너무 좋다. 우리에게는 나름 장기 숙박인 3박을 풀 훅업으로 전기, 수도를 연결하고 나니 문명 생활을 하는 것 같다. 캠핑 문화가 발달한 미국답게 이곳은 클래스 A급의 대형 버스 RV가 즐비하고 기르던 개는 물론, 개인 말까지 끌고 오는 남다른 스케일을 보여준다.

입구에서부터 보이는 어린이 시설로 삼 남매는 흥분에 차 있다. 자리를 배정받고 아직 주차도 다 못했지만 빨리 내리겠다고 난리다. 흥분을 감추지 못한 첫째가 옆문으로 내리는데 막내도 서둘러 신발을 신고 따라나선다.

"쾅!"

"꺅~!"

문 닫는 소리가 나자마자 막내가 비명을 지른다. 운전석에 앉아서 뒤를 돌아보니 막내가 사색이 되어 비명을 지른다.

"엄마, 희령이 손가락!"

사태를 파악하신 한 여사가 잽싸게 문을 열어 막내의 새끼손가락을 감싸 쥐고 아이를 안으신다. 아이는 입술까지 파랗게 질려 울고 있다. 풋 브레이크를 채우고 아이를 보러 왔지만 차마 할머니 주먹에 쥐어져 있는 막내의 손가락을 살필 용기가 나지 않는다. 저 손을 펼쳤을 때 피범벅이면 어떡하지? 손가락 한 마디가 없으면 어떡하지? 하지만 피할 수 없는 현실은 빨리 마주해야 한다. 이 짧은 순간이 영원 같다.

▶ 다친 아이는 금세 신나게 놀았지만 왼손 새끼손가락은 여전히 '약속해'를 하고 있다.

　　다행히 막내의 새끼손가락은 깊이 찍히긴 했으나 외과적 처치
없이 넘어갈 수 있을 정도다. 평소 강심장인 나도 심장이 철렁했다.
형아를 따라 나간다고 난간을 붙잡고 신발을 신고 있는 사이 흥분
한 첫째가 문을 쾅 닫은 것이다. RV는 컨테이너로 되어 있어서 철
제 모서리가 날카롭다. 주 출입구 문틈에 끼었으니 심하면 절단되
거나 뭉개질 수도 있었다. 아직 어린아이라 손가락이 작고 뼈도 살
도 부드러워서 저렇게 깊이 찍히기만 한 모양이다.

　　이날의 사건은 두고두고 마음에 남았다. 하늘이 돕지 않았다
면 돌이킬 수 없는 큰 사고가 될 뻔했다. 사고는 예기치 않은 곳에
서 터진다. 아이들의 안전을 책임지고 있는 엄마로서 긴장하지 않

✅ 미국 국립공원에서 아이가 다치거나 아플 때는

아이가 다치거나 아픈 것은 여행 중 가장 맞닥뜨리기 싫은 상황이다. 사실 미국 국립공원은 워낙 오지이다 보니 가까운 병원을 찾기란 쉽지 않다. 그러니 웬만한 상처와 질환에는 대처할 수 있도록 상비약을 넉넉히 챙기자.

감사하게도 이번 여행 중에 크게 아프거나 다치는 일은 없었지만 귀국을 이틀 앞두고 뉴욕에서 막내의 컨디션이 심히 안 좋았다. 맨해튼이 그렇지만 숙소가 너무 지저분해서 차라리 아픈 아이를 유모차에 싣고 밖으로 나왔다. 뉴욕 공공도서관에 들어가는데 실내로 들어오자마자 막내는 아침 먹은 숭늉을 왈칵 토해 버렸다. 고풍스런 대리석 바닥과 빨간 카펫이 멀건 물로 흥건해지자 너무 당황하여 티슈를 꺼내 바닥을 닦으려던 참이었다. 그때 제복을 입은 직원이 내 등에 손을 얹고 이렇게 말해 줬다. "어머니, 바닥은 저희가 치울 테니 아이를 돌봐 주세요." 그분의 진심어린 목소리와 눈빛은 내게 큰 감동을 줬다. 다행히 막내의 컨디션도 빠르게 회복했고 무사히 귀국 비행기를 탈 수 있었다.

을 수 없다. 막내는 얼굴에 눈물 자국 범벅이지만 수영복은 또 갈아입는다. 아이들이 모두 나가고 나니 어른 둘은 이제야 마음이 진정된다. 한 여사는 과속방지턱을 넘다가 냉장고에서 떨어져 박살이 난 수박의 뒤처리를 하시고 나는 지도를 펼쳤다.

▶ ▶ ▶ 압구정 로데오 말고 진짜 로데오

러시모어산 코아에는 여러 편의시설이 많다. 삼 남매는 수영장 하나만 있어도 온종일 놀 수 있지만 시시때때로 마차도 탈 수 있고 방방이 같은 거대한 점핑 필로우도 있다. 첫째는 여기 와서 처음 해보는 미니 골프 삼매경 중이시다. 어스름한 저녁에는 모닥불가에서 공연도 하고 밤이 되면 영화도 상영한다. 애들이 와서 치대지 않으니 한 여사와 나도 여유로운 시간이다. 사이트에 나무가 많지는 않지만 천고가 높은 RV 생활에는 굳이 나무 그늘이 필요치 않다.

여름 시즌 중 격주 금요일에는 로데오 경기를 하는데 투숙객은 무료로 입장할 수 있다. 로데오 경기장 크기나 구경 온 인파의 규모로 볼 때 이 시골 동네에서는 상당히 큰 행사인 것 같다. 코아에서 다음 날의 일정을 뉴스레터로 알려주는데, 낮에 머튼 버스팅 Mutton Busting, 어린이들이 양을 타고 펼치는 로데오 이벤트 등록이 있다는 소식이다. 그게 뭔지는 잘 모르겠지만 어린이 프로그램이라고 하니 일단 신청하고 보자.

"로데오 사전 행사예요. 몸무게 40파운드 이하만 참가할 수 있어요. 암튼 귀엽고 재미있는 거니까 어서 신청하세요."

첫째는 몸무게 초과로 안 되고 둘째와 막내만 등록한다.

이런 시골에 이렇게 많은 사람이 사나 싶은데, 어디에서들 알고 왔는지 로데오 경기장에는 수많은 사람으로 복잡하다. 어떤 아이들은 카우보이, 카우걸 코스튬 복장까지 갖춰 입고 제법 그럴싸하게 폼을 잡는다. 팝콘, 솜사탕, 햄버거, 피자 같은 미국 스타일의 음식도 넘쳐난다.

사회자가 진행을 시작한다.

"Anyone who from California? (캘리포니아에서 온 사람 있나요?)"

이렇게 묻자 몇몇이 손을 든다.

"Welcome to America! (아메리카에 오신 걸 환영합니다)"

한바탕 폭소가 터져 나왔지만 와일드 웨스트에서 진짜 미국을 보여주겠다는 자부심이 가득한 멘트다. 관중들은 한참 웃고 떠들다가 국가가 연주되자 진지모드로 돌변한다. 모두 기립해서 정자세로 미국 국가Star Spangled Banner를 열창한다. 일부는 거수경례를 붙이는 사람도 있다. 미국인의 지극한 국가 사랑은 유명하다. 어디서든 국가가 연주될 때면 그들의 자유로운 분위기는 온데간데없어진다. 이들 중에서 군대 다녀온 사람은 극히 드물 텐데 이 남다른 애국심은 어디에서 나온 걸까? 다민족 국가의 특성상 국민을 하나

▶ 머튼 버스팅을 하려고 기다리는 아이들. 고만고만한 백인 아이들 틈에 우리 아이는 유일한 유색인종이다

로 묶기 위해 애국심을 강조한 교육의 결과가 아닌가 싶다. 러시모어산이 미국인들에게 성지처럼 받들어지는 것도 그런 맥락에서 이해된다. 관중은 국가 연주가 끝나자마자 언제 그랬냐는 듯 다시 자유분방한 미국인으로 돌아와 있다.

머튼 버스팅에 등록한 사람을 따로 부른다. 어떻게 하는지 잘 모르지만 눈칫밥으로 옆에 부모들이 하는 모양을 따라 둘째와 막내 손을 잡고 나가자 직원들이 한 명 한 명 번호를 부여한다. 경기장을 돌아 본부석에 가까이 가자 뒤쪽으로 여러 마리의 말, 송아지 양들이 보인다. 앞쪽부터 미식축구용 헬멧을 나눠준다. 귀여운 양을 타는 거라면서 이런 보호구까지 해야 하나 싶었으나 첫 번째 아이가 출발하는 것을 보니 이건 최소한의 장비다. 이곳은 와일드 웨스트, 내가 생각하는 동물원 아기 동물 타기 같은 양 타기가 아니다. 이건 '어린이판 로데오'라고 하는 게 더 적당하겠다. 아이가 양 등에 엎드려 매달리면(타는 게 아니다 매달린다) 문을 열고 양 엉덩이를 찰싹 때린다. 놀란 양이 전속력으로 질주하고, 아이가 그 양에 얼마나 오래 매달려 있는지를 겨루는 시합이다. 몇몇 어린아이들은 눈물이 그렁그렁해서 뒤로 빠지는데, 겁 많은 막내의 얼굴도 이미 사색이다. 벌써 뒷걸음질로 대기 줄을 이탈해서 저쪽 구석에 가 있다.

'알았어, 안 태울게. 거기서 더 뒷걸음질치면 저절로 황소 우리로 들어간다.'

양이 그렇게 빠른지 몰랐다. 보호구가 왜 지급되는지, '귀여운 아기 양 타기'라면서 면책조항에 서명은 왜 하는지 이해된다. 폭풍처럼 질주하는 양 등에 매달린 아이들은 거의 몇 초를 버티지 못하고 모랫바닥으로 처박힌다. 스무 명 남짓한 백인 아이들 틈에 유색인종으로는 유일하게 둘째가 출전한다. 의외로 간이 큰 둘째가 엄지를 척 올리고 양 등에 올라타러 들어간다. 내가 더 떨린다. 그들에게는 한국식 이름이 낯설어서 사회자가 카우보이인지 카우걸인지 확인을 하고 장내 방송으로 소개 멘트를 한다.

"Ladies and gentleman, the next challenger is Heeon the cowgirl from Korea! (신사 숙녀 여러분, 다음 도전자는 한국에서 온 카우걸 희언입니다)"

아마 할머니가 제일 크게 손뼉을 치고 계실 것이다. 근력이 좋은 둘째가 잠시 버텨 보지만 곧 배 쪽으로 미끄러지더니 끌려가다 손을 놓치고 만다.

자랑스럽게 무사 귀환한 둘째는 한껏 흥분해 있다.

"엄마, 엄청 무서웠어. 양이 너무 미끄러워서 옆으로 쏠렸는데, 뒷발에 옆구리를 차였어. 양이 내 머리를 밟고 가서 헬멧 틈으로 양 발이 들어왔거든. 발이 내 입으로 들어오는 줄 알았어."

온몸이 모래투성이로 씨름판에서 뒹굴다 온 모습이다.

"그런데 다음에 또 해 볼래! 다음에는 더 잘 할 수 있을 거 같아."

딸아, 머튼 버스팅 해 본 여자아이는 대한민국에 열 명도 안 될 거야! 네 이름이 불리는 순간부터가 감동이었어. 도전해 본 자체가 자랑스럽다.

머튼 버스팅이 여섯 살 이하 어린아이들을 위한 사전 행사라면 초등학생을 위한 게임도 있다. 자기가 했다면 더 잘할 수 있었을 거라는 둥, 희언이가 매달렸는데 미끄러졌다는 둥, 첫째가 아쉬운 마음에 수다를 한 판 풀고 있는데, 다음 경기 참가를 원하는 어린이는 모두 나오라는 방송이 나온다. 첫째 등을 떠밀자 못이기는 척 경기장으로 달려 나간다. 수줍음이 많은 아이지만 여행 중에 훌쩍 컸다.

신발 던지기 게임이다. 이런 놀이라면 자신 있는 첫째가 과녁인 트럭 뒤쪽 짐칸에 자신 있게 신발 한 짝을 던진다. 아이들이 신발을 다 던졌나 싶더니 트럭이 운동장 가운데로 이동하며 신발을 모두 모래밭에 흩뿌린다. 오늘의 게임은 신발 던지기가 아니라 던진 신발 한 짝을 찾는 게임이었다. 아이들은 모래에 뒤섞인 수백 켤레의 신발 중에 자기 신발을 용케도 찾아낸다. 첫째도 참가상과 함께 함박웃음을 안아 들고 돌아왔다. 모래밭을 양말만 신고 다녔으니 던진 신발 쪽 양말은 복원 불가의 참상이다. 그래도 덕분에 우리 가족 모두가 실컷 웃었다.

로데오 경기 관람은 태어나서 처음이다. 수백 명이 모인 경기장에 유색인종은 우리 가족을 빼면 거의 손에 꼽을 정도다. 로데오

▶ 장비가 과하다 생각했으나 막상 경기가 시작되고 나니 이건 최소한의 도구였다.(위) / 신발 던지기 게임이 아닌 신발 한 짝 찾기 게임에서 복원 불가 된 양말 한 짝.(아래)

라고 하면 날뛰는 소나 말 위에서 오래 버티는 시합을 생각하는데, 매듭지은 긴 줄을 빙빙 돌려 소의 목이나 다리에 걸어 제어하는 종목도 있다. 넓디넓은 초원에 소를 수백 마리, 수천 마리 풀어 놓고 키우니 무리에서 벗어난 녀석들을 끌고 오려다 생겨난 시합이다. 우리나라 시골에서처럼 외양간에서 애지중지 한두 마리 정도 키우는 환경에서는 필요하지도 써먹을 수도 없는 기술이다. 우리나라 할아버지들이 명절이면 씨름을 보며 즐거워하듯이 이곳 와일드 웨스트의 아메리칸들도 로데오 경기에서 대농장의 향수를 느끼는 것이 아닐까 싶다.

▶ ▶ ▶ 러시모어산에 루스벨트를 뺄까 말까

우리나라는 전직 대통령 기념관을 만들기에는 역사의 평가를 조금 더 기다려야 할 것 같다. 우리나라가 반만년 역사를 이루는 동안 대통령사는 60년 남짓이기 때문이다. 반면 미국은 200년 역사를 이루는 동안 세계적으로 유례가 없던 제도인 대통령제를 만들고 지금까지 계속 대통령제를 유지해 오고 있다. 200년 역사가 바로 대통령제 역사이다. 그 많은 대통령 중에 국민 대다수가 인정하고 존경하는 대통령이 있다는 것은 국민으로서 얼마나 축복인지.

난세에 영웅 난다고 했던가? 미국 위인들도 건국 초기에 위대

▶ 러시모어산에 조각된 존경받는 대통령 네 명의 얼굴.

한 인물들이 집중되어 있다. 거의 모든 미국인에게 성인처럼 떠받들어지는 건국의 아버지 같은 위대한 인물들의 역할이 짧은 역사에도 불구하고 미국이 세계 최강국으로 부상하는 기초가 되었다. 대한민국 건국 초기에 이념 갈등으로 여러 인물에 대한 평가가 엇갈리는 것과 대조적이다. 미국이 여러 면에서 복 받은 나라임이 분명한데, 오늘은 그중에도 지도자의 복을 눈으로 확인하는 날이다.

러시모어산에는 총 네 명의 대통령 얼굴이 조각되어 있다. 왼쪽부터 1대 조지 워싱턴, 3대 토머스 제퍼슨, 26대 시어도어 루스벨트, 16대 에이브러햄 링컨이다. 조각가 보글럼Gutzon Borglum이 1927년부터 1941년까지 14년 동안 작업했다. 제작 당시 네 명의 존경받는 대통령을 선정하면서 조지 워싱턴, 토머스 제퍼슨, 에이브러햄 링컨이 들어가는 데에는 이견이 없었으나 26대 시어도어 루스벨트는 의견이 나뉘었던 모양이다. 그러나 파나마운하 건설, 자연보호 등의 공로로 최종 선정되었다. 왠지 국립공원과 유적지를 모두 관장하는 미국 국립공원 서비스국의 입김이 아니었을까? 이번 여행을 하며 시어도어 루스벨트와 우리의 인연이 각별한데, 어쩌면 21세기를 사는 우리가 이렇게 자연을 즐길 수 있는 것은 한 세기를 먼저 내다본 훌륭한 정치인의 선구자적 혜안 덕분인지도 모르겠다. 그런 면에서 시어도어 루스벨트 얼굴 조각, 난 찬성일세.

러시모어산으로 올라가는 홀은 사각기둥이 양옆으로 늘어서 있고 각 기둥에는 미국의 50개 주(특별구인 워싱턴 D.C. 제외)의 깃

발과 미연방에 편입된 연도가 표시되어 있다. 여러 민족과 이민자들로 구성된 나라이므로 어디를 가든지 국민의 결속을 위하여 연합Union과 애국Patriotism의 가치를 높게 평가한다. 작은 전시실에는 각 대통령의 업적과 보글럼의 작업 당시 모습을 전시실로 꾸며 놓았다. 주니어 레인저 워크북에는 역사적 사실을 보물찾기하듯 찾아내는 지령이 있어서 전시실을 꼼꼼히 살펴보며 답을 찾아야 한다. 재미있는 요소로 포장하여 그 안에서 역사를 배우게 하는 좋은 도구이다.

사실 러시모어산은 주변의 다른 볼거리가 없어서, 겨우 이 큰 바위 얼굴을 보자고 이곳까지 달려왔나 싶을 수도 있겠으나, 이곳은 미국 역사의 상징적인 곳이다. 사실 역사라는 것이 현재도 아니고 어제 같은 과거도 아니고 오랜 옛날부터 지금까지 시간의 흐름이기 때문에 저학년 아이들이 이해하기에는 상당히 추상적인 개념이다. 하지만 이 상징물은 추상적인 역사를 구체물로 보여줌으로 어린아이라도 역사에 대해 구체적인 그림을 그릴 수 있게 돕는다.

우리는 서부 국립공원 캠핑 여행 이후 동부로 이동하여 워싱턴 D.C.에서 약 한 달간 체류하였는데, 내셔널 몰이나 워싱턴 D.C. 곳곳에서 거의 매일 이 이름들을 만날 수 있었다. 막내마저 조지 워싱턴, 링컨을 알아보고 지루하고 이해하기 힘든 역사적 사실을 이해하는 것을 보면 상징물이 가진 힘이 어떠한지를 알 수 있다. 러시모어산은 우리 여정의 테마가 서부의 대자연에서 동부의 사회

문화로 넘어가는 다리 역할을 한 것 같다. 다시 본 궤도로 진입하기 위해서는 700마일을 되돌아가야 하지만 충분히 그럴만한 가치가 있다.

▶ ▶ ▶ 이왕에 그랜드캐니언은 보고 가야지

옐로스톤 이후 그랜드티턴을 거쳐 여기까지 왔으나 앞으로 갈 길은 막막하기만 하다. 원래 여정대로라면 남쪽으로 달려 유타와 애리조나의 캐니언을 찍고 캘리포니아로 넘어가 요세미티를 거쳐 시애틀로 돌아가는 일정이다. 하지만 지금 여기까지 오는 것도 열흘가량 지체되었으니 요세미티는 과감히 포기했다. 그러면 남은 시간은 어찌해야 할 것인가?

1안. 열흘 동안 슬슬 돌아간다.
2안. 유타와 애리조나의 캐니언을 향하여 과감히 남진한다.

안정을 추구하는 한 여사는 당연히 1안에 한 표다. 지금까지도 구경할 거 충분히 많이 했으니 무리하지 말고 천천히 돌아가면 열흘 걸리지 않겠냐고 하신다. 마음을 딱히 정할 수가 없다. 앞으로 남은 기간이 열흘이지만 지금까지 여정의 2/3가 지났다는 생각보다 1/3이나 남았다고 생각하자. 그러자 남은 1/3이 어떻게 채워질지 기대된다. 덤프 스테이션에서 모든 탱크를 비워 차를 최대한 가볍게 했다. 구름이 낮게 깔린 오늘은 운전하기 좋은 날이다. 1박 연장했던 것도 취소하고 남서쪽 국립공룡화석유적지Dinosaur National Monument로 달린다.

호기롭게 출발했으나 576마일, 927킬로미터는 만만치 않은 거리다. 사우스다코타에서 출발하여 와이오밍주를 사선으로 관통한 뒤 콜로라도주를 지나 유타주 옌센까지 쉬지 않고 달렸지만 11시간이 걸린다. 지금까지는 보통 장거리 운전이 있는 날은 새벽에 출발해서 오후에 도착하곤 했는데 이번에는 오전 11시에 출발한 관계로 하루를 온통 차에서 보냈다. 예약한 것도 아니지만 캠핑장 자리가 있을 것이라는 확신으로 칠흑같이 어두운 유적지 안으로 들어간다. 유명한 관광지도 아닌 이 사막 한가운데에 변변한 조명이 있을 리가 없지만 이제 이런 상황은 익숙하다. 몇 번은 와 본 듯이 자신 있게 차를 몰아간다. 예상대로 캠핑장은 비어 있다. 적당한 사이트를 찾아 주차하고 슬라이드 아웃을 빼서 침대를 펴고 나니 몸이 저절로 침대로 빨려 들어간다. 아이들도 오늘은 온종일 잠옷을 입고 차에만 있었는데 고맙게도 밤이 되니 다시 잠들어 준다. 편도가 칼칼한 것이 오늘 무리하긴 한 모양이다. 자신 있는 척했으나 왜 안 쫄렸을까? 일단 오늘의 최선은 다했다는 생각에 온갖 피로감이 범벅되어 잠에 빠져든다.

그랜드캐니언 계곡 밑으로 내려가는 브라이트엔젤 트레일. 천사처럼 날개라도 있어야 갈 수 있는 걸까? 각이지른 벼랑과 내려갈수록 더워지는 날씨 탓에 탈진하지 않도록 주의해야 한다.

어제는 캄캄한 밤중이라 바깥 풍경이 안 보였지만 동이 트니 풍경이 한눈에 들어온다. 어젯밤에 사막 한가운데를 달린 것이 확실하다. 우리는 사막의 어느 오아시스에 와 있다. 푹 자고 일어난 삼 남매는 재잘재잘 에너지가 넘친다. 게다가 공룡을 보러 간다니 더욱 신난 모양이다. 캠핑장은 자율제로 운영된다. 무인 체크인 데스크에서 인적 사항을 적은 후 봉투에 금액을 넣고 지정된 통에 넣는다. 양심에 맡기는 것이다. 캐나다 수정이네에서 1박에 15달러 하는 이 캠핑장을 수수료 10달러나 내고 취소했던 터라, 오늘은 돈 안 내고 그냥 가고 싶다. 잠만 잤을 뿐인데, 수수료도 이미 10달러나 냈는데, 온갖 핑계가 떠오르지만 양심은 마음에서 올라오는 작은 소리라고 하더라. 그 작은 소리가 너무나 거슬린다. 이럴 땐 그냥 그 작은 소리를 따라 주는 게 낫다. 방금 셀프 체크인 데스크를 지나쳤지만 후진하여 15달러를 내고 나니 작은 목소리가 사라진다. 양심이 만족한 것이다.

국립공룡화석유적지는 콜로라도 쪽과 유타 쪽 두 군데 탐방안내소가 있지만 화석이 반쯤 묻힌 발굴 현장을 보려면 유타 쪽으로 가야 한다. 삼 남매는 기념품 가게에서 어떻게 공룡 피겨 하나 사 달라 할까, 틈을 보고 있다.

"얘들아, 오늘은 엄마가 동선을 확정지어야 하는 날이야. 중요한 결정을 하는 시간이니 지금부터 4시간만 엄마를 건드리지 말아 줄래?"

이번 여행 들어 우리 집 아이들의 가장 큰 변화는 엄마의 진심 어린 부탁을 알아준다는 것이다. 전에는 엄마가 부탁하든지 말든지 그저 장난치고 낄낄대기 바빴다면, 지금은 진지하게 하는 말에 수긍한다. 상황을 파악하는 눈치가 좀 생긴 걸까? 아니면, 미국에서는 엄마가 아이들에게 화를 내면 엄마가 잡혀가니 엄마가 화낼 상황을 만들지 말라는 공갈 협박이 통한 걸까? 이유가 어찌 됐든 아이들은 다시 주니어 레인저 워크북에 집중한다.

"엄마, 엄마! 여기서 발견된 스테고사우루스, 트리케라톱스가 뉴욕이랑 워싱턴 자연사 박물관에 전시되어 있대. 나중에 우리 워싱턴이랑 뉴욕 갈 거니까, 거기서 한번 가 보자."

지금처럼만 말을 잘 들어준다면 어디든 못 가겠니? 지구 끝까지라도 갈 수 있겠다.

어디로든 출발해야 할 시간은 다가오는데 행선지가 선뜻 정해지지 않는다. RV를 향해 걸어가는데 우연히 옆 차의 번호판에 눈이 간다. "State of Grand Canyon(그랜드캐니언주)", 애리조나주 번호판이다. 그래, 가자! 기왕 여기까지 내려왔으니 조금 더 남쪽으로 달려서 자연이 만든 가장 위대한 경이, 그랜드캐니언을 보고 가자. 그럼 돌아가는 길은? 일정에서 나흘이 남으니 애리조나에서 워싱턴, 못할 것도 없다. 마침 그랜드캐니언의 매더캠핑장Mather Campground이 수요일부터 자리가 있다고 하니 오늘은 아치스, 내일은 브라이스캐니언을 들렀다 수요일부터 2박을 예약한다. 이제 최

▶ 공룡 쿼리 방문센터Dinosaur Quarry Visitor Centre. '쿼리Quarry, 채석장'라는 이름에 걸맞게 발굴 현장 한쪽 사면을 박물관으로 쓴다.

종 동선이 확정되었으니 눈앞에 펼쳐진 것을 즐기자. 아치스가 있는 모압Moab으로 출발!

▶ ▶ ▶ 캐니언, 캐니언! 이곳이 정말 지구라고?

앞으로 남은 일정들은 한 곳에서 여유롭게 돌아볼 시간이 안 된다. 하지만 아치스국립공원Arches National Park을 짧게 보고 온 것은 두고 두고 아쉬움이 남는다. 옌센에서 모압은 같은 유타주지만 도로 상황이 썩 좋지 않아 생각보다 시간이 오래 걸렸다. 하지만 작렬하는 태양을 보니 늦은 오후에 도착한 것이 다행인 것 같기도 하다. 가벼운 트레일을 추천받을 겸 탐방안내소에 주차하고 문을 여는데 이제껏 경험해 보지 못한 건조한 열기로 후끈하다. 열기뿐만 아니라 바람도 어마어마한데 마치 거대한 열풍기 앞에 서 있는 듯하다. 아치스국립공원은 다른 어느 곳에서도 경험할 수 없는 특이한 풍경을 자랑한다. 나무 한 그루 없는 황량한 사막이지만 염분 기가 있는 붉은 사암이 무지막지한 바람에 깎이고 무너져 수백 개의 아치와 밸런스 록Balanced Rock이 만들어졌다. 과학 시간에 배운 풍화작용이란 게 이런 거구나. 지난 수만 년간 깎이고 깎여 아치가 되고 무너지고 또 새로운 아치가 생기기를 반복하면서 아치스국립공원은 지금도 변화하는 중이다. 붉은 암반 사이로 난 길을 따라 국

▶ 저 멀리 바늘귀만 한 델리케이트 아치가 보인다.

립공원 안에 들어서면 지금이라도 굴러 떨어질 것 같은 거대한 밸런스 록이 머리 위에 위태롭게 서 있다. 아치 사이로 뜨고 지는 해를 감상하는 명소로 알려졌지만, 지금 우리의 컨디션으로 일몰을 보기 위해 2시간 이상 진행하는 트레일은 무리다. 가장 쉽게(즉, 주차장에서 가까이) 아치스국립공원의 상징과도 같은 델리케이트 아치Delicate Arch를 감상할 수 있는 곳에 주차한 후 30분 정도 걸어서 저 멀리 델리케이트 아치를 보고 온다. 아! 저기를 내 발로 걸어서 가 봐야 하는데……

모압에서 나와 I-70 고속도로를 타러 가는 길, 정면에 깎아지른 듯한 바위산이 거대한 성 같다. 미국 최북단 시애틀로 돌아가야 하건만 RV 반납을 일주일 남기고 반대로 계속 남진하고 있으니 과연 제때 돌아갈 수 있을까? 두려움이 앞선다. 그런데 건조한 사막에 갑자기 쏟아지는 엄청난 폭우. 잡생각 따위는 집어치우고 운전에만 집중하라는 신호다. 브라이스캐니언으로 내려가는 길 내내 날씨가 좋지 않다. 구름이 낮게 깔리고 소나기성 폭우가 오락가락하지만 한 낮의 쨍쨍한 햇빛보다 운전하기에는 좋다.

유타주는 지형상 캐니언이 많다. 우리가 갔던 아치스를 비롯하여, 캐니언랜드, 자이언캐니언, 브라이스캐니언 등 보통 라스베이거스에서 시작하는 그랜드 서클의 주요 포인트가 모여 있다. 자이언의 계곡 트레킹이 유명한데 이번에는 어린아이들 때문에 패스했지만 기회가 된다면 꼭 한번 도전해 보고 싶다. 이번 남진南進의

최종 목적지는 애리조나의 그랜드캐니언이기 때문에 우리는 아치스, 브라이스캐니언을 스쳐 갈 것으로 계획했다. 하지만 여행이 어디 기대한 대로만 흘러가던가? 이번 여행에서 만난 뜻밖의 보물은 브라이스캐니언이다.

폭우가 지나가고 날씨는 여전히 잔뜩 찌푸렸지만 일단 비는 그쳤다. 그 덕분인지 국립공원 내 캠핑장도 텅텅 비었다. 제일 좋아 보이는 사이트를 골라서 주차하고 이용료 30달러는 자율적으로 납부한다. 누구 하나 보는 사람, 지키는 사람 없지만 이런 제도가 잘 운용되는 것은 이 나라의 양심 수준이 높기 때문인 것 같다. 우리도 선진 시민답게 양심을 봉투에 담아 함에 넣었다.

구름이 잔뜩 끼어 브라이스캐니언의 대표 활동인 별자리 관찰은 취소되었지만 잠시 비가 그친 틈을 타서 트레일을 한 코스 돌기로 한다. 탐방안내소 소속 노련한 레인저의 추천은 단연코 퀸즈 가든 & 나바호 루프Queen's Garden, Navajo Loop이다. 아이들하고도 갈 수 있을 만큼 아주 어렵지 않은 코스라고 한다. 여름 성수기 브라이스캐니언은 셔틀버스를 운행한다. 다시 말하면 그만큼 복잡하다는 얘기다. RV 통행은 금지되고 일반 차량도 주차난이 심한 것으로 유명하다. 하지만 비 때문인지 여름 끝자락에 9월 새 학년 개학 준비 때문인지 브라이스캐니언은 너무도 한산하다. 셔틀버스가 다닌다는 것은 공원 내 RV 운행과 주차가 필요 없다는 뜻이다. RV가 편할 때도 있지만 때로는 짐도 된다. 이고 다니는 집을 내려놓고

▶ 캠핑장 사용료는 지정된 봉투에 넣어 자율적으로 함에 넣는다.

가니 마음도 가볍다.

퀸즈 가든 입구에서 내려 트레일로 접어드는 순간부터 탄성이
절로 나온다. 일반적으로 등산은 높이 올라가야 전망이 좋은데, 캐
니언은 위에서부터 시작하기 때문에 초입 전망이 가장 좋다. 눈으
로 보고도 믿기지 않는 초현실적인 풍경에 감탄만 나올 뿐이다. 종
일 내린 비 때문에 황토색의 후두Hoodoo, 암석이나 바위가 풍화작용으로 촛
대 모양이나 바위기둥처럼 된 것가 습기를 머금어 색깔이 더욱더 진해졌
다. 게다가 푸석거리는 먼지도 없어 공기도, 날씨도, 풍경도 무엇
하나 흠잡을 데 없다. 이번 여행 베스트 트레일로 손꼽힐 만한 멋
진 트레일이다.

퀸즈 가든을 지나 나바호 루프를 돌아 나오는 길은 '월 스트리

트Wall Street'를 지나게 되어 있다. 뉴욕 맨해튼에 있는 Wall Street이 아니라 진짜 Wall(담)로 둘러싸인 Street(거리)이다. 미국 사람들도 이런 말장난을 좋아하나? 두 시간여의 트레일을 마치고 집으로 돌아왔지만 초현실적인 아름다운 풍경에 진한 여흥이 가라앉지 않는다.

내일 아침 떠나게 되는 브라이스캐니언의 트레일을 한 코스만 돌기에는 너무 아쉽다. 시간이 넉넉하지 않으니 인스퍼레이션 포인트Inspiration point, 캐니언에는 영감을 주는 장소가 많은지 여기에도 Inspiration Point가 있다에서부터 자전거로 달려 보자. 비 온 뒤의 호젓함은 혼자 달려야 제맛이거늘 눈치 빠른 둘째가 재빠르게 붙자 그다음으로 눈치 빠른 막내도 따라붙는다. 나중에 돌아와서 제일 눈치 없는 첫째의 원망을 들어야 했다.

'엄마는 누구도 데려가고 싶지 않았다고!'

국립공원 내 셔틀버스도 앞쪽에 자전거를 4대나 실을 수 있는 바이크 랙이 있다. 여자와 아이 둘이 기다리고 있어서 그랬을까? 셔틀버스 기사님은 정류장에 정차하자마자 운전석에서 내려 자전거 싣는 것을 도와준다. 아니 본인이 대신해 준다며 아이들과 나는 탑승하란다. 자전거를 천천히 한 대씩 싣는데도 누구도 눈치 주는 사람이 없다. 자전거를 싣는 기사님은 세상 느긋하다. 우리처럼 신속하게 빨리빨리 착착 했으면 나 때문에 지체된 것 같아 더 미안했을 것 같은데 역설적이게도 서두르지 않으니 오히려 나도 안정감

▶ 이곳이 지구인지 외계행성인지 헷갈리게 만드는 초현실적인 풍경의 브라이스캐
니언

을 느낀다. 내릴 때도 우리가 내리기를 기다렸다가 자전거를 한 대씩 내려 주신다. 여자와 아이들은 약자라고 생각해서일까? 이 기사님이 하기 싫은 일을 억지로 했다고 생각하지 않는다. 셔틀버스 기사의 의무여서 그렇다고도 볼 수 없다. 그냥 약자에 대한 개인적이고 인간적인 배려 같다. 그들의 일상에 약자에 대한 배려가 자연스레 배어 나온다.

인스퍼레이션 포인트에서 캠핑장까지는 포장이 잘 된 완만한 내리막길이다. 그 깊고 넓은 계곡을 보고 있자니 저 멀리 보이는 곳이 얼마나 먼 곳인지 원근감마저 느껴지지 않는다. 비록 막내가 첫 번째 내리막에서 킥보드가 미끄러져 내 뒤에 매달려 있지만 비 온 뒤 숲길을 달리는 개운한 느낌은 이대로 지구 끝까지라도 달릴 수 있을 것 같다. 청량한 바람을 가르는 중에 내 등에 껌딱지, 막내의 온기가 전해져 온다.

▶ ▶ ▶ 위에서 아래로, 애리조나 그랜드캐니언 트레일

밤새 폭우가 쏟아졌지만 RV에서 듣는 빗소리는 듣기 좋은 음악 소리 같다. 텐트였다면 여러모로 괴로울 뻔했으나 RV는 이 빗속에서도 물 한 방울 묻히지 않고 여행할 수 있다. 그랜드캐니언에서 가장 가까운 도시인 페이지Page에서 중간 보급을 위해 잠시 멈췄다.

"엄마, 마트 문이 닫혔어."

아이들을 먼저 내려주고 주차하고 가려는데 아이들이 돌아온다. 이상하다. 문 여는 시간 맞는데? 아, 그러고 보니 애리조나주는 서머타임을 적용한다. 시간대Time Zone가 4개나 있는 나라에서 서머타임까지 적용하는 주가 있고 안 하는 주가 있으니 시간이 계속 헷갈린다. 시간을 정해서 예약을 했다면 필히 신경 써야 할 것이다. 오늘 번 시간을 며칠 후에 다시 까먹겠지만, 11시인 줄 알았는데 10시라고 하니 1시간 번 느낌이다. 지나는 길에 호스슈 벤드Horse Shoe Bend도 들러 본다. 주차장과 길을 가득 메운 세계 각국 사람들을 보니 세계에서 가장 유명한 관광지 그랜드캐니언에 가까이 왔음을 실감한다.

사우스림 유일의 예약제 캠핑장인 매더캠핑장은 규모가 엄청나다. 한 루프 당 사이트가 50여 개씩 되는 루프가 6개가 넘는 초대형 캠핑장이다. 가장 안쪽 메이플 루프 191번에 자리를 잡고 점심으로 우동을 끓였지만 마른 나뭇가지를 찾으러 간다고 한 첫째가 보이지 않는다. 한 여사는 빨리 찾으러 가 보라며 성화시지만 내게는 첫째에 대한 믿음이 있다. '엄마가 없는 상황에서 문제가 생겼을 경우에는 직원에게 도움을 청한다'라는 우리 집 원칙에 따라 어쩌면 첫째는 이 위기의 순간에 레인저의 도움을 받아 레인저 순찰차를 타고 나타날지도 모른다. 우동 면이 다 불어터지고 내 마음도 슬슬 초조해질 무렵 첫째가 나타났다. 얼굴에는 엄마와 집을 찾았다는 안도감이 역력하다. 하긴 이역만리 그랜드캐니언에서 엄마를 잠시 잃어버렸으니 그 초조함이 오죽했으랴. 첫째 뒤로 픽업 트럭 하나가 따라오고 운전자가 손짓으로 인사를 보낸다. 뭔가 사연이 있었나 보다.

"이따 마시멜로 구우려고 희언이, 희령이랑 마른 장작을 찾아다녔는데, 엄청 좋은 장작이 쌓여 있어서 애들을 불렀는데, 아무도 없는 거야."

낮에는 캠핑장이 적막강산이다. 다들 어디론가 나가 있는 터라 숲속에 나 혼자 덩그러니 떨어진 기분이었으리라.

"아무도 없었는데 방금 막 들어와서 텐트 치고 있는 아저씨가 있어서 그 아저씨한테 물어봤어."

"뭐라고 물어봤는데?"

"다행히 우리 사이트 번호를 기억하고 있어서 'One ninety one'이라고 했지."

이제 어디 내놔도 집은 찾아올 수 있겠구나.

"거기는 3백 몇 번이래. 그 아저씨가 체크인할 때 받은 지도에 표시해 줘서 그 길을 따라왔어."

그 아저씨가 차로 첫째의 뒤를 밟은 모양이다. 길을 알려주긴 했으나 9살짜리 꼬마가 못 미더우셨는지 엄마를 만나는 것을 확인하고서야 돌아간 것이다. 막 체크인하고 텐트를 치고 있었으니 본

브라이스캐니언 월스트리트 트레일 입구.
외계 행성 같은 풍광에 저 지그재그 길을 따라 내려가면 외계인이 나올 것만 같다.

인도 한창 바쁠 시간일 텐데, 그리고 본인이 차에 태워 데려다 줄 수도 있었을 텐데 뒤를 밟으며 스스로 찾을 기회를 준 아저씨가 정말 고맙다. 미국에서 길을 잃어도 어떻게든 집으로 찾아오는 것을 보니 더 큰 세상으로 날려 보낼 날이 다가오고 있는 것 같다.

잠시 비가 그친 틈에 림 트레일을 걸어 보자. 애리조나는 건조한 사막 기후지만 이곳도 며칠 새 비가 많이 온 모양이다. 공기에서 촉촉한 물기가 느껴진다. 습기를 머금어서인지 그랜드캐니언의 색깔도 붉은빛보다는 녹색, 붉은색이 어우러진 파스텔 톤이다. 백향목이 이런 향을 낼까? 은은한 나무 향기에 걷는 내내 코가 호강한다. 셔틀버스 기사님은 방송으로 오늘의 일몰 시간은 오후 7시 11분이라고 재차 알려주신다. 이곳에서 일몰 시간이 중요한 이유는 멋진 일몰을 구경하는 것도 있지만 셔틀버스가 매일 일몰 후 1시간 후까지만 운행하기 때문이다. (처음 RVing을 할 때만 해도 북쪽 재스퍼에서는 오후 11시나 되어야 어둑해졌는데 이렇게 빨리 어두워진다는 것은 우리가 남쪽으로 많이 내려왔거니와 RV 한 달이 끝나간다는 뜻이다.) 걷는 도중 포인트마다 사람들이 자리를 잡는 것을 보니 시간이 다 되어 가는 모양이다. 우리도 일몰 감상 후 셔틀 타기 좋은 위치로 자리를 잡는다. 태양이야 매일 뜨고 지는 것이지만 대협곡의 지평선 너머로 내려앉는 모습을 보는 것은 특별한 일이다. 어슴푸레한 그랜드캐니언의 붉고 푸른색에 지는 해의 녹진함까지 더해져 찐한 다크초콜릿 같은 맛이 난다. 우리 집 까불이들마저 자연의 장엄한

▶ 비 온 뒤의 그랜드캐니언은 녹색, 붉은색이 어우러진 파스텔 톤이다.

대 장관 앞에서 조용히 일몰을 감상한다.

어김없이 또 하루가 밝았다. 오늘 아침에는 레인저 프로그램으로 '화석 산책Fossil Walk'에 참여해 보기로 한다. 거구의 할아버지 레인저께서 숨을 몰아쉬며 농담을 던지신다.

"여러분, 걱정하지 마세요. 나와 함께하는 트레일에 힘든 트레일은 절대 없답니다."

화석 산책은 림에 흩어져 있는 화석의 흔적을 찾아가는 프로그램이다. 화석이라 하니 뭔가 대단한 발굴일 것 같지만, 조금만 자세히 살펴보면 림 길가 사방에 조개, 암모나이트, 삼엽충 화석이 널려 있다. 다 해양생물들이다. 이곳이 바다였다는 뜻이다. 먼 옛날 그랜드캐니언은 햇빛이 잘 드는 얕고 따뜻한 바다였단다. 이 해양생물 화석과 평평한 윗면이 융기의 증거라고 한다. 살아있는 지구과학 시간이다.

할아버지 레인저와 쉬운 트레일을 걸었으니 이번에는 그랜드캐니언 협곡으로 내려가는 가장 어려운 트레일에 도전해 보자. 림 트레일이 캐니언의 평평한 최상부를 걷는 코스라면 브라이트엔젤 트레일Bright Angel Trail은 깊고 깊은 협곡을 향해 내려가 콜로라도강까지 내려가는 코스다. 당연히 일반인은 하루에 왕복할 수 없고 콜로라도강 근처에서 1박을 하고 다시 올라오거나 노스림 쪽으로 올라가기도 한다. 보통 등산이 평지에서 시작하여 꼭대기까지 올라갔다 내려오는 코스라면, 캐니언 트레일은 그 반대다. 따라서 내려갈 때 쉽다고 달리듯이 내려갔다가는 올라올 때 체력이 소진되어 낭패를 볼 수 있으니 너무 무리해서 내려가지 않도록 해야 한다. 기후 또한 반대여서 산은 올라갈수록 시원해지고 캐니언은 내려갈 수록 더워지므로 체력 소모가 배가 된다. 서양인들이 거구에다 더위에도 약하기 때문에 곳곳에 겁먹을 만큼 경고 메시지가 많아 우리 다람쥐들이 무리해서 탈진하는 일은 없을 것 같다. 하지만 외국에서 조심성 없이 행동하는 것은 금물. 기후도 익숙지 않으니 너무 무리하지 않는 선에서 갔다 오자. 차마고도를 연상시키는 갈지자의 좁은 길이 저 아래 낭떠러지 같은 협곡 밑으로 끝없이 이어진다. 내려갈수록 숨이 턱턱 막히게 덥다고 하던데, 오늘은 비 온 뒤라서 그런지 그런대로 선선하다. 대신 경사진 흙길이 상당히 미끄럽다.

교통사고로 다리 수술을 하신 지 일 년밖에 안 된 한 여사는 곧 철수하셨다. 까마득한 낭떠러지 길을 보고 기가 질린 막내도 할머니를 따라 올라갔다. 내려오는 길은 가뿐하게 1.5마일 지점까지 내려왔다. 다음 쉼터는 3마일 지점. 올라갈 것이 겁나니 여기서 되돌아가야겠다. 물통을 채우고 올라가는 첫째, 둘째는 다람쥐처럼 몸이 가볍다. 내려오는 경사가 상당했기에 올라가는 길은 더 힘들다. 날씨가 도와줘서 망정이지 통상적인 폭염 속에서는 정말 힘들었을 것 같다. 그래도 하도 겁을 줘서인지 생각보다는 할 만하다. 내 생전에 저 밑 콜로라도강까지 내려갔다 오는 날이 있을까? 맛

▶ 대大 자연이 만든 위대한 경이, 그랜드 캐니언

만 보긴 했지만 수평의 림 트레일과 수직의 브라이트앤젤 트레일을 하고 나니 가로로, 세로로 그랜드캐니언에서 할 건 다 했다.

이제 RV 반납 5일을 남기고 출발지로 돌아가는 일만 남았다. 내일 새벽부터 시작되는 긴 여정을 위해 덤프 스테이션에서 RV 탱크를 비우고 샤워장에서 깨끗이 씻어 몸을 개운하게 만들어 본다.

▶ ▶ ▶ 불만 안 피우면 오케이!

저녁 10시, 아이다호주 서쪽의 마운틴 홈이라는 도시의 월마트 주차장이다. 예상대로 오늘은 온종일 운전했다. 주유할 때를 빼고는 종일 차에 있었더니 땅을 밟는 느낌마저 어색하다. 아마 내일도 거의 그렇게 될 것 같다. 아메리카 대륙이 넓긴 진짜 넓다. 잠시 눈만 붙이고 출발이다. 몇 시간만 머물다 가는데 캠핑장을 찾아 들어가긴 돈도 시간도 아깝다. RV 생활 한 달 하면서 이럴 땐 24시간 마트 주차장을 이용하는 것이 가장 좋다는 것을 깨달았다. 마트 델리에서 김이 모락모락 나는 바삭하고 기름진 치킨 한 조각을 입에 넣을 생각으로 여기까지 왔는데 델리는 이미 끝난 시간이다. 차가운 음식들로 만족하자.

그랜드캐니언 매더캠핑장에서 새벽 3시에 출발해서 17시간, 813마일, 1,300킬로미터를 달렸다. 그래도 지나온 지역은 유타주를 남북으로 관통했을 뿐, 출발할 때 애리조나주 약간과 지금 이 아이다호주뿐이다. 미국이 50개 주이니 그 규모가 감히 상상할 수 없을 만큼 크다. 구불구불한 지방도로를 지나 I-15 고속도로에 진입하자 I-84번으로 갈아타는 다음 안내까지 300마일(482킬로미터) 직진이란다. 이런 게 아메리카 도로 스케일이다. 유타주를 지나오는 내내 끝없는 사막과 돌산, 작렬하는 햇빛뿐이었다.

아이다호로 넘어오면서 그나마 푸릇푸릇한 게 보인다. 푸른 잎의 주인공은 바로 감자밭. 미국 전체 감자 생산량의 1/3이 아이다호에서 나온다고 하니 아이다호가 통째로 감자밭일 지경이다. 눈에 보이는 초록이라고는 죄다 감자밭이다. 그런데 아이다호 서쪽으로 향할수록 앞이 뿌연 현상이 심해진다. 캘리포니아, 오리건, 워싱턴 등 서부지역 산불의 여파다. 오늘은 일몰이 안 보일 정도로 스모그가 심하다. 지구 온난화와 자연 파괴 때문에 울창한 숲이 사라진다 생각하니 내 나라도 아니지만 마음이 아프다.

잠시 눈만 붙이고 다시 출발이다. 오늘은 아이다호주를 벗어나 오리건주를 동서로 관통하여 서쪽 태평양 해안까지 닿아야 한다. 거기까지만 가면 반납 장소인 워싱턴주 타코마는 미국 기준으로 지척이다. 오리건주로 접어들수록 녹색이 많이 보인다. 키 큰 나무도 많아지고 날씨도 서늘해진다. 오늘의 목적지인 애스토리아까지는 84번 고속도로를 타고 서쪽으로 직진이다. 오리건 중부로 접어들자 컬럼비아강을 따라 '컬럼비아강 협곡 국립 경관 지역

Columbia River Gorge National Scenic Area'을 통과한다. 바다처럼 넓고 푸른 강과 양옆의 협곡, 강 좌안의 강변도로인 I-84는 끝내 주는 드라이브 코스다. 하지만 아무리 좋은 경치도 크루즈라는 첨단 기능도 계속되는 운전에 허리, 어깨가 아픈 것을 막을 수는 없다. 오늘의 목적지에 도착해서 쉬는 것밖에는 달리 방법이 없다.

'헨리리어슨스프루스런캠핑장Henry Rierson Spruce Run Campground', 우연히 알게 된 이 길고 긴 이름의 캠핑장은 오리건의 숨겨진 보물이다. 원시림 같은 울창한 숲과 온 숲을 뒤덮은 이끼는 여기가 바로 어제 본 사막이랑 같은 나라가 맞나 싶다. 무리한 데다 건조한 날씨 탓에 비염 증상이 나타나는가 싶었는데, 촉촉한 공기에 숨쉬기가 한결 편하다. 연속 이틀 무리하게 운전했고 이제 거의 다 왔다는 안도감과 쾌적한 환경에 오늘은 꼼짝도 하기 싫다.

그런데 문제가 있다. 선착순으로 운영되는 캠핑장에 자리가 없단다. 하긴 오늘이 9월 개학 전 마지막 토요일이지. 캠핑장 관리인Camp Host 할아버지께 우리가 어제 애리조나에서부터 왔다고 사정을 해 보지만, 만실이라는데 별다른 수가 없다. 우리의 모습이 딱해 보였는지 할아버지는 우리에게 팁을 하나 주신다.

"불법이긴 하지만 아무도 신경 쓰는 사람 없으니 불만 피우지 않는다면 길 한쪽에 차를 대고 자도 괜찮아요, 허니."

한쪽 눈까지 찡긋해 보이시는 팔순도 넘으신 것 같은 할아버지에게서 우리 외할아버지의 모습이 스쳐갔다. 할아버지가 살아

▶ 헨리리어슨스프루스런캠핑장, 원시림 같은 울창한 숲에는 나무마다 이끼가 잔뜩 끼어 있다.

계신다면 이런 모습이지 않을까? 친절한 할아버지와 대화하는 내
내 우리 외할아버지와 똑 닮은 커다란 귀만 쳐다보았다. 차 안에서
우리의 대화를 지켜보고 계시던 한 여사도 똑같은 말씀을 하신다.

"저 할아버지 보니까 우리 아부지 생각난다."

한적하고 평평한 갓길을 골라 주차하고 감사의 안도를 내쉬는
데, 누가 문을 두드린다. 아까 그 관리인 할아버지다.

"한 팀이 일찍 가서 17번 사이트가 비었어요. 빨리 가서 차지
하세요, 허니. 혹시 몰라서 내 자전거를 세워놨답니다."

'헨리리어슨스프루스런캠핑장', 이 긴 이름의 캠핑장에서 만난
할아버지는 머나먼 타국 땅에서 힘이 거의 떨어져 가는 막바지 여
정에 우리 편이 되어 주시려고 하늘에서 잠시 내려오신 외할아버
지 천사인가 보다.

▶ ▶ ▶ 여행의 끝에서, 모두 버리고 돌아가기

애스토리아 코아에서 끝까지 있다가 반납일 새벽 일찍 워싱턴주로
넘어가려 했으나, 마지막 날은 가급적 반납 장소와 가까운 데에서
묵자는 한 여사의 말씀에 따르기로 했다. 워싱턴주로 넘어와 캐피
탈 주유림Capital State Forest, 마가렛맥케니Margaret Mc Kenny 캠핑장에서
1박, 마지막으로 시애틀 코아에서 1박, 그러면 우리의 30일간 RV

로 이동한 긴 여정이 끝난다. 캐피탈 주유림은 워싱턴 주 남쪽에 있다. 국유림National Forest 외에 가는 곳곳에 이렇게 숲이 널려 있으니 참 복 받은 나라다.

8월 마지막 주 월요일이라서인지 숲이 한산하다. 마침 첫째의 학교 친구이자 둘째와 같은 반 친구인 한 가족이 우리와 일정이 엇비슷하게 맞았다. 준비 과정부터 서로 많은 도움을 주고받았는데, 그 집이 마침 그날까지 시애틀에 있다고 해서 번개팅하듯 몇 시간을 함께 보내기로 했다. 미국 숲속 캠핑장에서 같은 반 친구를 만나다니 세상은 참 넓고도 좁다. 아이들은 오랜만에 친구를 만나 하하 호호 시간 가는 줄 모른다. 결국 저녁을 먹고도 한참이나 지나서 어둑해질 무렵에야 친구들은 집으로 돌아갔고, 우리도 D-2, RV 반납 이틀 전 밤을 정리할 수 있었다.

우리의 마지막은 여정은 시애틀 코아다. 아무래도 마지막으로 빨래도 해야겠고 정리해야 할 짐도 많으니 숲속보다는 편의시설이 잘 갖춰진 사설 캠핑장이 좋겠다. 막상 마지막 날을 준비하려니 해야 할 일이 많다. 월마트에서 얻은 박스에 긴소매 옷과 남은 음식, 자전거와 킥보드를 비롯한 모든 장비를 담아 택배로 보내야 한다. 커 보이던 박스가 자전거 하나 넣고 나니 벌써 공간이 얼마 안 남았다.

'버려야지. 그래, 이것도 버려야겠다. 이것도 못 가져가겠다.'

인생이 이렇다. 돌아갈 때는 빈손으로 가야 하지만 무엇 하나

놓지 못하는 게 우리의 모습이다. 한 시간여를 택배 상자와 씨름한 끝에 UPS 화물 탁송으로 짐을 보냈다. 이제 가져갈 수 있는 것은 국내선 비행기에 실을 수 있는 18킬로그램 캐리어 두 개뿐이다. 그외에는 다 버려야 한다. 서울에서부터 갖고 온다고 힘들었던 첫째의 자전거, 여행 시작하자마자 분실한 킥보드 때문에 잘 써먹은 둘째의 예비 킥보드, 등산화도 아니면서 지난 한 달간 갈 데 못 갈 데 모두 함께했던 운동화, 남은 음식…… 어디서 나오는지 버려도 버려도 버릴 게 계속 나온다. 정이 많은 첫째는 내내 아쉬워한다. 짐정리할 동안 수영장 가서 놀라고 보냈는데도 자꾸 다시 돌아와 쓰레기 비닐을 뒤적인다.

"엄마, 이건 안 버리면 안 돼? 이건 가져갈 수 있지 않아?"

"그래, 엄마도 그렇고 싶어서 마음이 힘드네."

평소 '정리는 버리는 데서 시작'이라는 신념하에 쓰지 않는 것은 과감하게 버리는 성격인데도 한 달 간 RV 여정의 추억이 묻은 것들과 이별이 이리 힘들 줄 몰랐다. 마음 한쪽을 떼어 내는 것 같은 허전함이지만 5,690마일, 9,157킬로미터 지금까지 무탈한 것에 감사하자.

반납일 아침, 마지막 덤프 스테이션에서 모든 오물을 버리고 주유까지 마치니 반납 준비가 다 되었다. '운전은 만 킬로 잘 달리고도 순간 실수가 모든 것을 무너뜨린다'라는 생각이 드니 오늘 아침 운전은 RV 인수 첫날만큼이나 떨린다.

▶ 이번 여행에서 함께하여 즐거움을 주고 큰 힘을 보태 준 첫째의 자전거는 결국 이별했다.

▶ 아이들의 체험 일기장

블랙 탱크가 지리는 문제, 욕실 쪽 벽면에 못이 몇 개 튀어나와 둘째 튜브가 터지고 나와 아이들 손이 긁힌 일 등 몇 가지 문제점에 대해 미리 이메일을 써 두었더니 반납 처리가 일사천리다. 컴플레인을 받기 싫은 모양이다. 지적한 문제점에 대해서도 보상금으로 100달러를 돌려받았다. 문제가 있다면 적극적으로 컴플레인하자. 마지막 반납 점검에 OK 사인을 받으니 어제의 섭섭함은 어디 갔는지 마냥 홀가분하다.

미국 서부를 타원형으로 한 바퀴 돌았다. 30일간 9,000킬로미터 넘게 달렸다. 엄마 혼자서(할머니가 계시긴 했지만) 아이들 셋을 데리고 할 수 있을까? 많이들 걱정하셨다. "네, 괜찮아요"라고 대답했지만 긴장하는 마음이 왜 없었을까? 하지만 결국 무사히 돌아왔고 이번 한 달간의 RVing은 임무 완수이다. 우리 인생이 이렇지 않을까? 어디 인생이 평지만 있을까? 산 하나를 넘으면 또 다른 산이 있고, 오르막이 있으면 내리막도 있는 법. 육체적인 힘도 들고 정신적인 힘도 들고 시간도 들고 돈도 들었지만 귀한 경험을 얻었다. 그리고 그 경험은 너 혼자만의, 또 나 혼자만의 경험이 아니라 우리가 함께하는 경험이다. 경험을 공유한다는 것은 이로 파생되는 많은 이야깃거리가 있다는 의미다. 언제라도 "그때 그랬지?"라며 얘기 나눌 수 있는 큰 자산을 얻었다.

쉽게 얻을 수 없는 기회를 통해 참 많은 것을 보고 가슴에 담았다. 한 달, 전 인생을 통틀어본다면 그리 길지 않은 시간이다. 하지만 나도 아이들도 마음 그릇이 넓어지는 시간이었기 때문에 물리적인 시간을 넘어 인생에서 큰 획을 긋는 시간을 우리가 함께 보냈다. 아이들은 금세 자란다. 때를 얻든지 못 얻든지 부지런히 기회를 만들어 보자.

애들아, 가자!
더 넓은 세상으로

미국 여행을 다녀와서 많은 것이 변했다. 첫째는 어린이의 모습을 벗고 10대에 진입하고 있다. 이마에 여드름이 한두 개씩 올라오고 허벅지 근육이 튼실해졌다. 둘째는 새로 시작한 태권도에서 하늘이 주신 달란트를 발견했다. 막내는(내 눈에는) 아직 애기다.

여행도, 또다시 새로운 도전을 했다. 바로 자전거 국토 종주다. 첫 단추로 제주도 환상자전거길 234킬로미터를 완주했고, 그해 추석 연휴를 끼고 섬진강 149킬로미터를 종주했다. 첫째 초등학교 졸업 전에 국토 종주 그랜드 슬램을 목표로 하고 있다. 미국 여행 이후 대형 프로젝트에 성공했다는 자신감이 우리가 조금 더 어려운 도전을 하게 되는 동력이 되었다. 거기에 자연에 대한 그리움과 자전거를 좋아하는 엄마의 취향이 '자전거 국토 종주'라는 지점에서 만난 것이다.

내적 이유식을 먹이기 위해 꼭 미국에 갈 필요는 없다. 누구 보여주려고 찍는 대작이 아니기 때문에 많은 시간과 자본이 투입되는 해외 올 로케이션이 아니어도 된다. 우리 가족이 같이 즐길만 한 것에서 시작하여 작은 도전과 성취가 있고 자연에서 함께하는 것이라면 더욱더 좋겠다. 내적 이유기가 마음 그릇을 넓히는 시간으로 채워져 우리 모두의 아이들이 어미 곁을 떠나 하늘 높이 나는 새처럼 넓은 세상을 향해 힘차게 나는 모습을 꿈꿔 본다.

한국으로 돌아온 지 얼마 안 되어서다. 아직 시차 적응이 안 된 아이들이 잠자리에 들려고 누웠지만 잠이 오지 않았나 보다. 엄마의 압박에 눕기는 했으나 이리 뒤척 저리 뒤척 자고 싶지 않은 막내가 질문거리를 하나 생각해 냈다.

"엄마, 하나님도 잠자?"

어떻게 대답해 줘야 하나 잠시 생각하는 사이 둘째가 재빨리 대답한다.

"그것도 모르냐? 우리가 밤이면 미국은 아침인데 하나님이 어떻게 주무시냐?"

피식 웃음이 나오는 아이들의 천진난만한 대화이지만 이 짧은 대화 속에 하나님의 세계 경영이 담겨 있다. 하긴 애 키우고 집안 살림하는 것도 이리 시간에 쫓기는데. 이 큰 세계를 경영하시려면 주무실 수가 없겠다. 감히 다 상상할 수도 없을 만큼 크고 넓은 온 우주를 운행하시는 하나님의 섭리다. 그런데 그분이 나와 함께 하신다니. 나의 모든 부족함을 먼저 알아서 채우시고 나의 작은 신음에도 응답하신다니. 이 얼마나 놀랍고 영광스러운 일인가? 하나님께서는 온 우주와도 맞바꾸실 만큼 나를 사랑하셔서, 그 하나뿐인 독생자 예수를 보내주셨다. 십자가 사건이야말로 온 우주를 뒤집는 일생일대의 대사건이다.

하지만 안타깝게도 우리는 일상에 몰두하느라 그 하나님을 잊어버릴 때가 많다. 매 순간 나와 동행하시지만 일상이라는 익숙한 시·공간 속에서 그것을 느끼지 못하고 지나갈 때가 많다. 그래서 나는 여행을 좋아한다. 낯선 곳, 예측할 수 없는 시간 속에서 하나님이 함께하신다는 것을 더욱 가까이 느끼기 때문이다.

이번 여행 중 특별히 자녀들과 경험하는 하나님을 공유하고 싶었다. 그래서 매일 가정예배를 드리면서 오늘 만난 하나님에 관해 얘기 나누는 시간을 가졌다. 갈림길에서 길을 잃지 않게 해 주신 하나님, 문틈에 손가락이 끼었는데 다치지 않게 해 주신 하나님, 아름다운 자연을 주신 하나님……. 매일매일 오늘 만난 하나님을 나누다 보면 각자의 상황과 눈높이에서 하나님을 경험하고 있음을 알 수 있었다.

경험한 것은 쉽게 지워지지 않는다. 우리가 이 시간 동안 경험한 하나님이 나와 자녀들의 삶에 깊이 뿌리 내려 인생의 어떠한 위기에서도 나의 하나님을 붙들 수 있는 충성된 하나님의 종이 되기를 소망해 본다.

"내가 주께 대하여 이전에는 귀로 듣기만 하였사오나 이제는 눈으로 주를 뵈옵나이다."

– 욥기 42:5

우당탕탕 엄마의 캠핑카

초판 1쇄 인쇄	2020년 4월 28일
초판 1쇄 발행	2020년 5월 5일

지은이	조송이
펴낸이	신민식

펴낸곳	가디언
출판등록	제2010 - 000113호
주 소	서울시 마포구 토정로 222
	한국출판콘텐츠센터 319호
전 화	02 - 332 - 4103
팩 스	02 - 332 - 4111
이메일	gadian7@naver.com
홈페이지	www.sirubooks.com

인쇄 · 제본	(주)상지사 P&B
종이	월드페이퍼(주)

ISBN	979 - 11 - 89159 - 62 - 7 03810

이 도서의 국립중앙도서관 출판예정도서목록(CIP)은 서지정보유통지원시스템
홈페이지(http://seoji.nl.go.kr)와 국가자료공동목록시스템(http://www.nl.go.kr/kolisnet)에서
이용하실 수 있습니다. (CIP제어번호 : CIP2020016250)